D1822420

# पिनकुशन

प्रेमकिरण

वाणी प्रकाशन

वाणी प्रकाशन
4695, 21-ए, दरियागंज, नयी दिल्ली 110 002
शाखा
अशोक राजपथ, पटना 800 004
फ़ोन: +91 11 23273167 फ़ैक्स: +91 11 23275710
www.vaniprakashan.in
vaniprakashan@gmail.com

PINKUSHAN
*by* Premkiran

ISBN : 978-93-5000-831-7
Ghazals

© 2012 प्रेमकिरण

प्रथम संस्करण

मूल्य : ₹ 125

इस पुस्तक के किसी भी अंश को किसी भी माध्यम में प्रयोग करने के लिए प्रकाशक से लिखित अनुमति लेना अनिवार्य है।

*आर. टेक ऑफ़सेट, दिल्ली-110095 में मुद्रित*

*वाणी प्रकाशन का लोगो मक़बूल फ़िदा हुसेन की कूची से*

इक्कीसवीं सदी

की

युवा शक्ति के नाम

# कई फलोंवाला चाकू

प्रेमकिरण जी इतने अच्छे शायर हैं, यह मेरे लिए एक समाचार है। और यह समाचार न मुझे अख़बारों से मिला है, न शायरी के किसी प्रेमी ने दिया है। यह उनकी ग़ज़लों की पांडुलिपि से गुज़रते हुए मुझे खुद मिला है, जिससे मैं इतना विह्वल हूँ कि मेरे हृदय का तार-तार झंकृत हो रहा है। प्रेमकिरण जी उर्दू के अदबी रिसालों में छपते होंगे, लेकिन वे मुशायरों के मंच छेंके हुए और महफ़िल लूटते हुए कभी दिखलाई नहीं पड़े। क्यों ? इसलिए कि उन्हीं के मुताबिक

मंच पर शाइरी नहीं होती,
मंच होता है मसखरी के लिए

मुझे हिन्दी के श्रेष्ठ कवि अज्ञेय की पंक्तियां याद आती हैं : 'सभी जगह जो मूल्यवान् है सकुचा रहता है; अदृश्य, सीपी के मोती-सा....'। ऐसा अनुमान होता है कि प्रेमकिरण जी ने अपनी सम्पूर्ण काव्य-साधना गुमनामी के अंधेरे में की है। इसी ने उनकी ग़ज़लों को एक रौशनी दी है, जो दिल के अंधेरे को चाक कर देती है। इस संग्रह में कोई ग़ज़ल ऐसी नहीं है, जिसमें एक से अधिक बेहद खूबसूरत शेर न हों, ज़माने और ज़िन्दगी के रंग-बिरंगे अनुभवों में ढले हुए।

आजकल हिन्दी में ग़ज़लों की बहार है। कारण यह कि जिस ग़ज़ल को मीर-ग़ालिब से लेकर फ़ैज़-फ़िराक़ तक ने ज़िन्दगी के बेहद कीमती और दर्दनाक तजरुबों का माध्यम बनाया था, वह अब तफरीह की चीज़ हो गयी है। प्रेमकिरण जी की ग़ज़लें ग़ज़ल को फिर अपनी जगह पर लाती हैं, भले इन्हें वाहवाही न मिले। वे हमपर ऐसा असर डालती हैं कि हम भीतर से हिल-हिल जाते हैं और आह और वाह को भूलकर सोचने पर मज़बूर हो जाते हैं। स्वभावतः इनमें ग़ज़ब की ताज़गी, लीक से हटकर चलने की ताकत और एक अनौपचारिकता है, ग़ज़ल को इसकी परम्परा की जकड़बंदी से मुक्त

करनेवाली, जो उनकी स्वच्छंद और साहसपूर्ण सृजन-चेतना की देन है। ज़माने का हर रंग इनकी ग़ज़लों में मौजूद है, अपने पूरे सोज़ के साथ। खास बात यह कि इनकी ग़ज़लों में कठोर से कठोर स्थल हैं, तो कोमल से कोमल स्थल भी। ज़ुबान भी ऐसी है कि उर्दू की चुस्ती और हिन्दी की मिठास दोनों का एक साथ मज़ा देती है।

इधर हिन्दी में हिन्दी ग़ज़ल की चर्चा ज़ोरों से चली है, जिसके पीछे ग़ज़ल लिखनेवालों की असमर्थता के अलावा और कुछ नहीं है। यह ग़ज़ल वस्तुतः ग़ज़ल के फॉर्म में लिखी गयी कविताएं हैं, जो उर्दू ग़ज़ल के मिज़ाज और संस्कृति से भिन्न ही नहीं, बेहद सपाट और फूहड़ भी होती हैं। मुसलसल ग़ज़ल उर्दू में भी लिखी गयी है, पर इसमें ग़ज़ल की अपनी ख़ासियत नहीं आई। प्रेमकिरण जी की ग़ज़ल उर्दू ग़ज़ल की रवायत में लिखी गयी सही मानी में ग़ज़ल है, जिसके प्रत्येक शेर प्रायः स्वतंत्र होते हैं। ये मिलकर ग़ज़ल को कई फलोंवाला चाकू बनाते हैं। प्रेमकिरण जी की इन उर्दू ग़ज़लों के संग्रह का हिन्दी में शाया होना उर्दू और हिन्दी दोनों ग़ज़लों को सही ढंग से समृद्ध करेगा। मुझे खुशी है कि अपनी एक ग़ज़ल में उन्होंने कहा है कि

शाइरी फ़ैज़ दे कि दारो-रसन,
ये मेरा इंतख़ाब है साहब

ऐसा आत्मविश्वास उसी कवि में पैदा हो सकता है, जो बाज़ारू या व्यावसायिक न होकर सही अर्थों में सृजनधर्मी है।

**नन्दकिशोर नवल**

# सच्ची शाइरी का तर्जुमान – प्रेमकिरण

जिस तरह अच्छी फ़स्ल के लिए ज़रख़ेज़ मिट्टी दरकार होती है। उसी तरह अच्छी शाइरी के लिए गुदाज़ क़ल्ब की ज़रूरत होती है, क्योंकि शाइरी के लिए हर अच्छे शाइर को पूरे जिस्म से सोचना पड़ता है। वरना काग़ज़ पर आड़ी-तिरछी लकीरें खींचना या खूबसूरत लफ़्ज़ों की फूल-मालाएं तो सियासी लीडर भी तैयार कर लेते हैं। दिमाग़ की सोच, दिल के एहसास और आँखों को तहरीर के लिए आँसुओं की रोशनाई बनाने के लिए तैयार करना मुश्किलतरीन काम है। लेकिन इसी काम को एक शाइर बहुत आसानी से कर गुज़रता है। लह्जे की नफ़ासत और लफ़्ज़ों के इंतिख़ाब में पहरों भटकते रहना बहुत दुश्वार होता है। अमूमन देखा गया है कि शाइरों को दिल की बीमारी नहीं होती, क्योंकि उसका ख़ून हर वक़्त गर्दिश करता रहता है। यहां तक कि कभी-कभी तो दूसरे के दुख में शाइर की आँखें ख़ून के मोती रोलने लगती हैं।

प्रेमकिरण की शाइरी पढ़ते हुए आपको भी इस बात का अंदाज़ः होगा कि लह्जे को नर्म रखते हुए भी चीख़ा जा सकता है, खामोश रहकर भी एहतिजाज किया जा सकता है। क़ाफ़िये और रदीफ़ की क़ैद में रहकर सारी दुनिया की सैर की जा सकती है। प्रेमकिरण ने जिस ईमानदारी, ख़ुलूस और अपनाईयत से ग़ज़ल के दामन पर गुल-बूटे टाँके हैं और उन गुल-बूटों के लिए जिन ख़ूबसूरत रंगों का इंतिख़ाब किया है, उसकी उन्हें भरपूर दाद मिलनी चाहिए। लेकिन अब इसको क्या किया जाए कि हमारे अदब को जिस कसौटी पर परखा जाता है, वह कसौटी नहीं, मह्ज़ एक पत्थर का बेजान टुकड़ा साबित होती है। शायद इसीलिए हमारे अह्द में असली नक़ली की शिनाख़्त मुश्किल होती जा रही है।

उर्दू ने अपने हर चाहने वाले के साथ इंसाफ़ किया, लेकिन उर्दू के इन्हीं चाहने वालों ने उर्दू को हमेशा तरक़्क़ी का ज़ीना समझा और अपनी-अपनी ज़रूरतों की मंज़िल पर पहुँचते ही इसको फ़रामोश कर दिया। एक ग़ैर उर्दूदां

शख़्स अगर इस ख़ुदग़रज़ ज़माने में भी गेसूए-ग़ज़ल का गिरिफ़्तार होता है तो यक़ीनन मुबारकबाद देने के साथ-साथ उसका भरपूर ख़ैरमक़दम करना चाहिए। फिर फ़िक्र की नुदरत, लफ़्ज़ों की तराश-ख़राश, मिसरों के कूज़े में मौज़ूआत के समुंदर को क़ैद करते हुए बेपनाह हुनरमंदी की दाद तो शाइर को मिलनी ही चाहिए। प्रेमकिरण के हर शेर में न सही हर ग़ज़ल के किसी न किसी शेर में इंसानी रिश्तों की टूट-फूट का दर्द किरणें बिखेरता दिखाई देता है।

मुझे प्रेमकिरण को देखने, सुनने और पढ़ने का मुनासिब मौक़ा मिला है। उनसे गुफ़्तुगू करते हुए कहीं न कहीं से मेरे दिल में हमेशा यह एहसास सर उठाता रहता है कि अगर इस शाइर के साथ हमारे अदबी अरबाबे-इक़्तिदार ने इंसाफ़ नहीं किया तो यह एक बड़े गुनाह के मुतरादिफ़ होगा। प्रेमकिरण जैसे ख़ूबसूरत और ख़ुशरंग लह्जे के शाइरों को उर्दू जबान-ओ-अदब ने हमेशा नवाज़ा है। लिहाज़ा अपने अह्द की कड़वी सच्चाइयों को ग़ज़ल के साँचे में ढालने वाले इस कमगो शाइर का पूरी उर्दू दुनिया में ही नहीं बल्कि हिंदी घरानों में भी फ़राख़दिली से इस्तिक़बाल होगा, क्योंकि शाइर किसी भी ज़बान का इस्तेमाल करे लेकिन वह अपने मुआशरे, समाज, इंसानियत और मुल्क़ की तर्जुमानी करता है। तुलसी, कबीर, सूरदास, मलिक मुहम्मद जायसी, रसखान, फ़िराक़, मुल्ला दाऊद और कुँवर महेन्द्र सिंह सेहर-यह सभी हमारे मुल्क़ की तहज़ीबी क़द्रों के तर्जुमान हैं। मुहब्बत और शाइरी की सुनहरी ज़ंजीर की नई कड़ियों में एक ख़ूबसूरत इज़ाफ़े का नाम प्रेमकिरण है।

**मुनव्वर राना**

# प्रेमकिरण की ग़ज़लें

इसमें कोई संदेह नहीं कि उर्दू की तरह हिंदी साहित्य में भी आज की सबसे लोकप्रिय विधा ग़ज़ल है। हिंदी की साहित्यिक पत्रिकाओं में अच्छी संख्या में ग़ज़लें प्रकाशित होती हैं। पत्रिकाओं के ग़ज़ल विशेषांक छपने लगे हैं, ग़ज़ल संग्रह तेज़ी से प्रकाशित हो रहे हैं।

उर्दू नहीं जाननेवाले ग़ज़लगो शाइरों की कोशिशें देखकर मुझे सुखद आश्चर्य होता है। क्योंकि उर्दू की अपेक्षा हिंदी में ग़ज़ल का प्रचलन देर से शुरू हुआ। हिंदी में उर्दू की तरह न तो ग़ज़ल की परंपरा है, न स्कूल और न सीखने सिखाने का माहौल। सच्ची बात तो यह है कि उर्दू में छपने वाली ग़ज़लों का समग्र स्तरीय साहित्य आज भी देवनागरी लिपि में लिप्यंतर नहीं हो पाया है, जिसे पढ़कर उर्दू नहीं जाननेवाले ग़ज़ल प्रेमी ग़ज़ल के सम्पूर्ण इतिहास और उसकी विविधता से परिचित हो सकें। नई पीढ़ी चूँकि उर्दू नहीं जानती इसलिए ग़ज़ल के विभिन्न आयाम और बारीकियों से अनजान है। इसके बावजूद अपने मिज़ाज की सरसता और काव्यात्मक योग्यता के सहारे ग़ज़लें कही जा रही हैं और अच्छी ग़ज़लें कही जा रही हैं। इसकी प्रशंसा न करना बेईमानी होगी।

उर्दू जाननेवाले और उर्दू नहीं जाननेवाले दोनों वर्गों में एक अच्छी संख्या ऐसे लोगों की है जो खुद भी ग़ज़ल प्रेमी हैं साहित्यकार हैं, आलोचक हैं और शुद्ध पाठक भी मगर वे हिंदी पत्रिकाओं में छपनेवाली ग़ज़लों से संतुष्ट नहीं हैं। इसका कारण यह बताया जाता है कि हिंदी पत्रिकाओं में छपनेवाली अधिकतर ग़ज़लें नीरस, उबाऊ और तुकबंदी का नमूना होती हैं। मैं उन्हें यह जवाब देता हूँ कि उर्दू पत्रिकाओं में छपनेवाली तमाम ग़ज़लें भी उत्कृष्ट ग़ज़ल का नमूना नहीं होती। तर्क यह दिया जाता है कि हिंदी में तो ग़ज़ल के कलापक्ष, व्याकरण और छंदशास्त्र का भी निर्वाह नज़र नहीं आता। मैं जवाब

में हिंदी पत्रिकाओं में छपनेवाली ग़ज़लों के कुछ अश्आर सुना देता हूँ और पूछता हूँ कि मुझे बताया जाए कि इनमें क्या खामियाँ हैं ? कहा जाता है कि यह अपवाद हैं। वास्तविकता यह है कि अधिकतर ग़ज़लें पढ़कर यह महसूस होता है कि ग़ज़ल के व्याकरण और छंदशास्त्र का निर्वाह तो दूर की बात है हिंदी पत्रिकाओं में छपने वाले शायर ग़ज़ल के स्वभाव से भी परिचित नज़र नहीं आते। मैं यह तर्क देता हूँ कि धीरे-धीरे सब सीख जाएंगे। मगर जवाब यह मिलता है कि सीखने की कोशिश ही नज़र नहीं आती बल्कि अपनी ग़लतियों को छुपाने के लिए उसे 'हिंदी ग़ज़ल' का नाम दे दिया जाता है। मुझे कोई जवाब नहीं सूझता और मैं चुप हो जाता हूँ।

मेरी चुप्पी का कारण यह है कि अगर वाक़ई कुछ लोगों की यह मानसिकता है तो बेहद घातक है क्योंकि यह मानसिकता दूसरों को भी भटकाएगी एवं सीखने-सिखाने और उत्थान के सारे मार्ग बंद कर देगी।

देवनागरी में छपी ग़ज़ल अगर अंग्रेजी में छाप दी जाए तो क्या वह अंग्रेजी ग़ज़ल हो जाएगी ? विधा की बात कौन कहे साहित्य का ही कोई धर्म नहीं होता, न किसी क़ौम, किसी देश या भाषा का उसपर एकाधिकार होता है। उर्दू में भी ग़ज़ल किसी और भाषा, किसी और देश से आयी। ग़ज़ल के छंदशास्त्र का निर्वाह न कर पाने की मजबूरी या संस्कृत के क्लिष्ट शब्द जो बोलचाल की भाषा में प्रचलित नहीं हैं, उनका इस्तेमाल करके अगर कुछ ग़ज़ल प्रेमी मित्र उसे 'हिंदी ग़ज़ल' का नाम देना चाहते हैं तो उन्हें उर्दू के उन शायरों का अंजाम मालूम होना चाहिए जो ग़ज़लों में 'गद्य ग़ज़ल' या अरबी, फारसी के क्लिष्ट शब्दों के इस्तेमाल से अपनी पहचान बनाने की कोशिश कर रहे थे। आज किसी को न उनका नाम याद है न उनके अश्आर। उर्दू के बह्रो अवज़ान और हिंदी के छंदशास्त्र लगभग एक जैसे हैं। उनसे हटकर इन मित्रों ने हिंदी ग़ज़ल का नया छंदशास्त्र अगर गढ़ लिया है तो उसे सामने आना चाहिए।

जहाँ तक ग़लतियों का सवाल है तो वह मानव के स्वभाव में है। गलतियों से तो बड़ा से बड़ा शायर भी नहीं बच पाया तो औरों की कौन कहे। लेकिन गलती के कारण किसी को सीधे रिजेक्ट भी नहीं किया जा सकता। ग़ज़ल वैसे भी एक बहुत नाज़ुक विधा है। इसकी तमाम नज़ाकतों का निर्वाह

करना बहुत मुश्किल काम है–पारंगत होने में समय लगता है। उनकी गलतियाँ तो वैसे भी क्षम्य हैं जो गलतियों से अनजान हैं। लेकिन क्या यह अच्छा नहीं होगा कि गलतियों को छुपाने के बदले सुधारने की कोशिश की जाए? ग़ज़ल में अपनी पहचान बनाने की इच्छा रखने वाले मित्र ग़ज़ल के मिज़ाज, ग़ज़ल की बारीकियाँ और ग़ज़ल के कलापक्ष, छंदशास्त्र से अवगत होने का प्रयास करें ? निस्संदेह यह कोशिश उन ग़ज़ल मित्रों के हित में होगी और ग़ज़ल विधा के हित में भी। हर भाषा और संस्कृति की कुछ अपनी ख़ूबियाँ और विशेषताएँ होती हैं जिनका समावेश ग़ज़ल में नये आयाम पैदा करेगा और ग़ज़ल को और समृद्ध करेगा। उर्दू न जाननेवाले ग़ज़ल प्रेमी इस बात पर गंभीरता से विचार करें क्योंकि इसके ब़गैर वह अपनी योग्यता का भरपूर इस्तेमाल न कर पाएंगे।

इन तमाम आपत्तियों के बावजूद मैं व्यक्तिगत तौर पर हिंदी में छपनेवाली ग़ज़लों को सराहनीय दृष्टि से देखता हूँ और ग़ज़ल के बेहतर भविष्य के प्रति काफी आशान्वित हूँ। मेरी नजर में एक दो नहीं दर्जनों शायर ऐसे हैं जो ग़ज़ल की सारी बारीकियों से निर्वाह करते हुए अश्आर कह रहे हैं और अपनी ग़ज़लों से ग़ज़ल प्रेमियों को प्रभावित कर रहे हैं। उनमें जो नाम मुझे अभी याद आ रहे हैं उनमें प्रदीप चौबे, दीक्षित दनकौरी, तुफैल चतुर्वेदी, कुमार नयन, अनिरुद्ध सिन्हा, हस्तीमल हस्ती, दीप्ति मिश्रा, वर्षा सिंह, ज्ञान प्रकाश विवेक, अशोक साहिल, तिलक राज पारस, राजेश रेड्डी, संजय कुमार कुंदन, के अलावा भी कई नाम हैं जो मुझे अभी याद नहीं आ रहे हैं।

ऐसे ही अहम शायरों में एक नाम प्रेमकिरण का भी है। प्रेमकिरण ग़ज़ल की तमाम बारीकियों को ध्यान में रखते हुए अपनी बात, अपने विचार और अपने अनुभवों को बड़ी सहजता से ग़ज़ल में ढाल रहे हैं। इनकी ग़ज़लें पढ़कर ऐसा महसूस होता है कि इन्हें 'ग़ज़ल' से एक प्रकार का विशेष लगाव है या प्राकृतिक लगाव है और ग़ज़ल उनका ओढ़ना-बिछौना है। विशेष या प्राकृतिक लगाव की बात मैंने इसलिए कही कि किरण के स्वभाव में ग़ज़ल रची बसी है या ग़ज़ल के आहंग (छंद/लय) से इनकी गहरी यारी है और उनके पास कुछ ऐसी वेदना है जिन्हें वह दूसरों के साथ शेयर करना चाहते हैं। यह दोनों बातें ग़ज़ल कहने के लिए बेहद जरूरी हैं। बाक़ी सबकुछ शायर की मिहनत, अनुभव और मुतालआ (अध्ययन) पर निर्भर करता है।

जो जितनी ज़्यादा मिहनत करेगा, जितना ज़्यादा पढ़ेगा, जितना ज़्यादा मंथन करेगा उतनी ज़्यादा अच्छी ग़ज़ल कहेगा।

किरण ने व्यक्तिगत तौर पर जिंदगी के बहुत सारे उठा-पटक को क़रीब से देखा और भोगा है इसलिए उनके पास खट्टे-मीठे अनुभवों का एक वृहत संसार है। लम्बे अर्से तक पत्रकारिता से जुड़े होने के कारण उनके अनुभवों को और फलने-फूलने और राजनीति के दावपेंच को देखने का मौका मिला है। सत्ता की लोलुपता की कोख से जन्मी सामाजिक विषमताओं, बदलती हुई संस्कृति के दुष्परिणामों और आदर्शविहीन प्रगति की होड़ पर उनकी निगाह पैनी है। भारतीय संस्कृति और जीवन मूल्यों को क्षत-विक्षत होते देखकर उनका मानवीय हृदय चीत्कार करने लगता है। दरअसल इसी वेदना का प्रतिकार प्रेमकिरण की ग़ज़लें हैं। किरण चूँकि कोमल हृदय और स्वभाव से सरल हैं इसलिए 'ग़ज़ल' उनका स्वाभाविक माध्यम बन गयी है। अर्थात् पक्की रोशनाई में अपना नाम छपा देखने का शौक या छपास रोग से पीड़ित होकर किरण ग़ज़ल की ओर आकर्षित नहीं हुए बल्कि शेर या ग़ज़ल कहना उनकी मजबूरी है। मेरे ख़याल में यही मजबूरी शायर को अच्छा शायर या बड़ा शायर बनाती है। अब यह किरण पर निर्भर करता है कि वह इस मजबूरी के साथ किस हद तक निर्वाह कर पाते हैं। जीवन के दूसरे झमेलों के साथ अपने Commitment पर कितना ध्यान दे पाते हैं।

प्रेमकिरण के साथ दूसरी अच्छी बात यह है कि वह अपनी बात को सहजता के साथ स्वाभाविक ढंग से कहने का हुनर जानते हैं। उनकी अनुभवी आँखें और सूक्ष्म दृष्टि अपने आस-पास की विषमताओं को पलक झपकते ही महसूस कर लेती है और ग़ज़ल में ढलने का सामान पैदा हो जाता है।

वैसे तो उनकी ग़ज़लों के हवाले से बहुत सारी बातें की जा सकती हैं लेकिन मैं किरण की ग़ज़लों और पाठकों के बीच व्यवधान बनना नहीं चाहता क्योंकि अंततः ग़ज़लें ही किरण का स्वाभाविक और अंतिम परिचय पाठकों से कराएंगी। लेकिन अपनी बात ख़त्म करने से पहले मैं सिर्फ एक बात की ओर इशारा करना जरूरी समझता हूँ। **उर्दू और हिंदी के मेल से नयी ग़ज़ल की जो रूपरेखा सामने आयी है उसके उत्कृष्ट नमूने किरण की ग़ज़लों में देखने को मिल जाते हैं।** मेरे ख़याल में इसी बिंदु पर किरण और दूसरे

ग़ज़लधर्मियों को आगे के सफ़र के बारे में सोचना चाहिए :-

आँखें खोले दीवारों से चिपके बैठे हैं
कैसी चुपकी साधे घर में पुरखे बैठे हैं

गोद में लेना चाहें तो वो गोद से फिसली जाय
मेरी नन्ही बिटिया जैसी चंचल-चंचल धूप

काट रही है सब्ज़ी वो या काट रही है अपने दिन
सच्चाई तो चाक़ू जाने या जाने बेचारी माँ

ओस की नन्हीं बूँद हमारी प्यास बुझाने आयी है
दरिया भी मायूस गया है इसको हम बतलाए क्या

साझा दुःख-सुख, साझा बोझा
बनते-बनते घर बनता है

दुख के कितने परबत काटे
तब निकली हैं राहें मेरी

कोई मैना है न बुलबुल शाख पर
बाग़बां भी हो गए सैय्याद क्या

अपनी मर्ज़ी के सभी मुख़्तार हैं
वाक़ई ! हम हो गए आज़ाद क्या

याद आता है हमें हँसता हुआ नन्हा दिया
काटने को दौड़ता है जब अंधेरा घर कभी

वो दुआ दे रहे हैं जीने की
और हालात ख़ुदकुशी के लिए

यह समझ लेना बहुत दुश्वार है
कब बुरी है कब भली है जिंदगी

कम से कम क़त्ल का मंज़र तो न देखा उसने
जागने वालों से अच्छा रहा सोने वाला

हवस की भूख ने इन्सान को बेहिस बनाया है
जो फल देते हैं उन पेड़ों पे हम पत्थर उठाते हैं

हज़ारों कश्तियाँ जिसने डुबोयीं
सफीने का वही फिर नाख़ुदा है

जिसकी ख़ातिर अनगिनत क़ुर्बानियाँ दी हैं 'किरण'
मेरा बेटा खेलता है अब उसी दस्तार से

लोग काग़ज़ की नाव पर हैं सवार
क्या नया इन्क़लाब है साहब

सारी बातें कही नहीं जातीं
ख़ामुशी भी जवाब है साहब

**आलम ख़ुर्शीद**
304, गुलशन विहार,
आलमगंज, पटना-800 007

# अनुक्रम

## ग़ज़लें


कर सकेगा वो हमें बर्बाद क्या 21

मुहब्बत भी निभायी है, अदावत भी निभाते हैं 23

सफ़र में अपने-अपने तजरुबों से लोग गुज़रे हैं 25

बच्चों से जो है प्यार निगाहों को खुला रख 26

रिश्ता उससे नया-नया है 27

बोझ इतना है कि बाज़ार से झुककर निकला 28

सुर्ख़रू होकर हंसेंगे सुबह के मंज़र कभी 29

हार जाने का सबब क्या है ये सोचे कोई 30

बंद कमरे में रौशनी के लिए 31

खुली हवाएं आने दो दिल का दरवाज़ा खोलो 32

कभी होता नहीं हिन्दू या मुस्लमां सूरज 33

बांट के अपनी सारी खुशियाँ ओढ़ चुकी बीमारी मां 34

कहां हर घड़ी हर खुशी मांगता है 35

आंखें खोले दीवारों से चिपके बैठे हैं 36

मुक़द्दर में क्या है न जाने दिया 37

फूल लगता है कभी चांद का टुकड़ा चेहरा 39

ग़म भी आसां हो जाता है 41

गो बुरी है बावली है ज़िन्दगी 42

करें हम क्या किसी से दोस्ती अब 43

इन अंधेरों के लिए ये चांद-तारे कुछ नहीं 45

दिल का आलम अजीब होता है 46

रात आएगी तो घर जाएंगे 47

पीठ पर उनको बिठाऊँ ज़रा घोड़ा हो जाऊं 49
सब लुटेरे तख़्त के हकदार निकले दोस्तो 51
दुख भी देंगे, सुख भी देंगे रोयें क्या मुसकायें क्या 52
दुखों के बोझ से बिखरे शबाब को देखा 53
आंगन-आंगन चहल-पहल है हंसता-गाता घर 55
चलते-चलते आ गया ये कैसा रस्ता सामने 57
हमें घर के मसायल ने परीशां हाल रक्खा है 58
मैं हूं मज़दूर क़लम का बड़ी किस्मत मेरी 59
वो शिकारी, न फ़रेबी, न लुटेरा ठहरा 61
ऐसी ख़ुशियों का कोई मक़सद नहीं 63
अबके मायूस ही लौटा है खिलोनेवाला 64
न मैं बोलता हूं न घर बोलता है 65
क्यों है चेहरे का अब रंग फ़क़ दोस्तो 67
ज़माना तो रूठा है हमसे ख़ुदा भी 69
मैंने पहले ही कहा था तुमने ही माना नहीं 70
उनकी राहों में अगर ख़ुद को मिटाया होता 71
मिले जो भी मुक़द्दर से उसे बढ़कर उठाते हैं 73
बदल डालो अब तो निजामे-जहां को 74
वो तो मझधार में तिनके का सहारा चाहे 75
मरते मर जायेंगे ऐसा नहीं होने देंगे 76
मुझे हर रास्ता पहचानता है 77
शह्र में गांव की फ़िज़ा ही नहीं 78
वो सोता है नींदें मेरी 79
जब भी जीवन में अंधेरा होगा 80
पीछे में सब याद करेंगे हर मिसरा दोहरायेंगे 82
इम्तहां वक़्त ने ये कैसा लिया है मुझसे 83
ज़ख़्म खाया है मिले हैं जब भी उससे प्यार से 84
लहजा है बहुत सुस्त वो तेवर तो नहीं है 85

इन अंधेरों में दिये निकले हमारे काम के 86
सैकड़ों उन्वान देकर इक फ़साना बंट गया 87
हर मुसीबत में रहा साथ निभानेवाला 88
दिल दुखाने का इरादा, न तमन्ना रखिए 89
आग की बरसात का मौसम है ये जलना पड़ेगा 90
दौर कितना ख़राब है साहब 91
जहां तक नज़र जा रही है वहां तक 93
चारों सम्त घटाएं काली, बादल-बादल पानी 94
कल उसे लौटा दिया प्यासा तो देखा क्या हुआ 95
मुलाक़ात तुमसे घड़ी दो घड़ी की 97
दिलों में है नफ़रत मुहब्बत नहीं है 99
जिन्दगी का रास्ता है बेशजर चारों तरफ 100
जो बहुत दिलनशीन होती है 101
हम भी बेकल, नदी भी बेकल, बेकल-बेकल धूप 102
सबा चली न चमन में शगुफ़्तगी आयी 103
ज़िन्दगी का खोखलापन झांक कर देखेगा कौन 105
मुश्किल को आसान बनाते हैं 107
थक के पंछी मचान पर बैठा 108

## दोहे

मंदिर-मस्जिद के लिए, झगड़ें राम-रहीम 111
उम्मीदों में कट गयी, जाने कितनी रात 112
बच्चे सुख की खान हैं, बच्चे दुख की फांस 113
बीज अगर गलता नहीं, कैसे हंसते फूल 114
परबत जैसा दिन मिला, राई जैसी रात 115
ठोकर में संसार है, मुट्ठी में आकाश 116
हर चेहरा है आइना, खोले मन का भेद 117
अन्त नहीं है ज्ञान का, जितना लिया समेट 118

महानगर की ज़िन्दगी, आती-जाती रेल 119
जंगल कटे मकान को, फिर भी क्या संयोग 120
एकाकीपन आया नहीं, घर को बिल्कुल रास 121
मिट्टी से प्याला बना, मिट्टी में मिल जाय 122
नर्म मुलायम घास को, सबने रौंदा खूब 123
मुझसे पहले भी रहे, इस चोले में लोग 124
चांद बिखेरें चांदनी, हवा बिखेरे प्रीत 125
पत्थर-पत्थर आग है, झरना-झरना प्यास 126

## कविता

मैं लिख रहा था कविता 129
प्यार कब करती वह 131
कुम्हार 133
घर 135
कहती है मां 136
मां-1 139
मां-2 140
चिड़िया की तरह उदास मां 141
भूसाघर में मां 143

# ग़ज़लें

अपनी मर्ज़ी के सभी मुख़्तार हैं
वाकई हम हो गये आज़ाद क्या

कर सकेगा वो हमें बर्बाद क्या
हम हुए भी हैं कभी आबाद क्या

ज़िन्दगी ! हर रंग में देखा तुझे,
क्या भुलायें और रक्खें याद क्या

ख़्वाब की नगरी रियासत है मेरी,
और दे जाते मेरे अजदाद[1] क्या

कोई मैना है न बुलबुल शाख़ पर,
बाग़बां भी हो गये सैय्याद क्या

फूल से चेहरे हुए बेआब क्यों
मौसमों की फिर पड़ी उफ़्ताद[2] क्या

1. पुरखे 2. मुसीबत

हो गयी तहज़ीब अपनी बेलिबास,
देखना है और इसके बाद क्या

अपनी मर्ज़ी के सभी मुख्तार हैं,
वाकई हम हो गये आज़ाद क्या

सर उठाकर हम जिये हैं ए 'किरन',
दुश्मनों के सामने फ़रियाद क्या

मुहब्बत भी निभायी है, अदावत भी निभाते हैं
न वो हमको भुलाते हैं, न हम उनको भुलाते हैं

ग़मों की आंधियों को हम हमेशा मुंह चिढ़ाते हैं
मुसीबत सामने होती है और हंसते-हंसाते हैं

हमारे साथ रहते हैं हमारे ज़ाहिरो-बातिन[1],
जहां जाते हैं कोई अक्स अपना छोड़ आते हैं

बड़े अरमान से हमने कभी जो घर बनाया था,
उसी के बामो-दर अब नींद आंखों की चुराते हैं

हमारे रास्ते में आ गयीं मजबूरियां वरना,
किसी के सामने मुश्किल से अपना सर झुकाते हैं

कभी दामन झटकते थे जिन्हें हम देखकर अक्सर,
वो जुगनू अब अंधेरे में हमें रस्ता दिखाते हैं

---

1. बाहरी-भीतरी

ज़रा दुखती रगों पर हाथ क्या रक्खा कि रस्ते में,
जो पहले गुल बिछाते थे, वो अब कांटे बिछाते हैं

ग़ज़ब के हैं ज़हानत[1] में हमारे दौर के बच्चे,
हमें मुश्किल जो लगता है वो पल में कर दिखाते हैं

---

1. समझदारी

सफ़र में अपने-अपने तजरुबों से लोग गुज़रे हैं
किसी के ज़ख़्म हल्के हैं, किसी के ज़ख़्म गहरे हैं

ज़मीनों पर खिंची हैं जो लकीरें मिट भी सकती हैं,
मगर कैसे मिटेंगे जो दिलों पर नक़्श उभरे हैं

परिन्दों को खुला आकाश बेशक मिल गया लेकिन,
उड़ानों के लिए जो पर मिले थे, किसने कतरे हैं

कहो अहले-चमन से यूं बलंदी पर न इतरायें,
नये बर्गो-समर[1] हैं ये कहां आंधी से गुज़रे हैं

हमारे नाल-ओ-फ़रियाद[2] पर जुंबिश नहीं होती,
यहाँ जो साहिबे-मसनद[3] हैं गूंगे और बहरे हैं

'किरन' जी आज का हर काम कल पर मुल्तवी कीजे,
मेरी छत पर परिन्दे मुद्दतों के बाद उतरे हैं

---

1. पत्ते और फल 2. आर्तनाद 3. हाकिम

बच्चों से जो है प्यार निगाहों को खुला रख
मासूम-से इन फूलों को आंधी से बचा रख

ग़ैरों को भी तू फूलने-फलने दे ख़ुदारा,
तू वाक़ई बरगद है तो साया भी बड़ा रख

अनजान है रस्ता तो मुसाफ़िर भी बहुत हैं,
मिलना है तुझे किससे कोई नाम-पता रख

भर देगा किसी रोज़ दुआओं से वो दामन,
फल-फूल भी आयेगा मगर पेड़ हरा रख

इन्सान के जज़्बात से खिलवाड़ न कर तू,
बेहतर है कि मज़हब से सियासत को जुदा रख

ख़ुशबू को बहाने की ज़रूरत भी है शायद,
आने दे हवाओं को दरीचों को खुला रख

रिश्ता उससे नया-नया है
रफ़्ता-रफ़्ता वो खुलता है

साझा सुख-दुख, साझा बोझा,
बनते-बनते घर बनता है

जिस सांचे में चाहो ढालो,
कच्ची मिट्टी-सा बच्चा है

घर ने सबका सुख-दुख बांटा,
हमने केवल घर बांटा है

दुनिया है ये भूल-भुलैया,
जिसको देखो वो खोया है

असली रिश्ता भूल गये सब,
साथ हैं उसके जो छाया है

जान रहा हूं मेरा यह घर
चार दिनों का बस डेरा है

बोझ इतना है कि बाज़ार से झुककर निकला
मसअले[1] कितने ही मैं ओढ़ के दफ़्तर निकला

हर ज़रूरत को लिए सामने आ जाता है,
मेरी औलाद की मानिंद[2] मेरा घर निकला

दोस्त-सुख-दुख का बनाया उसे हमराज़ किया,
मेरा बेटा जो मेरे क़द के बराबर निकला

ज़ायक़ा ज़ीस्त[3] का हम रोज़ नया चखते रहे,
वो कभी धूप कभी छांव का पैकर[4] निकला

वो किसी तरह संभल तो गया अब इससे क्या,
उसके हक़ के लिए मैं फूल कि पत्थर निकला

बात ईमान की कोई नहीं करता है 'किरन',
दिल से इन्सान के भगवान का भी डर निकला

---

1. समस्यायें 2. तरह 3. जीवन 4. आकृति

सुर्ख़रू[1] होकर हंसेंगे सुब्ह के मंज़र कभी
ये अंधेरे ख़ून थूकेंगे ज़मीनों पर कभी

मौसमों का सिलसिला यूं ही रहा तो देखना,
फूल पत्थर बन के बरसेंगे तुम्हारे घर कभी

इक परिन्दे का लहू तूफ़ान लेकर आएगा,
आग बन जाएंगे ये नोचे हुए शहपर[2] कभी

याद आता है उसे हंसता हुआ नन्हा दिया,
काटने को दौड़ता है जब अंधेरा घर कभी

दोस्ती का हाथ सब के हाथ में मत दीजिए,
फूल के दामन में भी मिल जाते हैं अजदर[3] कभी

---

1. कांतिवान 2. पंख 3. अजगर

हार जाने का सबब क्या है ये सोचे कोई
बैठ के अपने मुक़द्दर को न कोसे कोई

ज़िदगी क़ैफ़ो-तमन्ना[1] से भरी है लेकिन,
यास[2] के खोल से बाहर भी तो निकले कोई

जुल्म सहने को हैं तैयार सभी लोग यहां,
कैसे इस दौर में जीने का मज़ा ले कोई

वो ख़ला[3] ही में बिखर जायेगा क्या उसको ख़बर,
लग गये पर तो चला चांद को छूने कोई

किसलिए, किसके लिए ख़ून जलाऊं अपना,
रोनेवाला न तो आगे है, न पीछे कोई

अद्लो-इन्साफ़[4] क़िताबों की है ज़ीनत[5] ए 'किरन'.
फ़स्ल को ख़ून से सींचे कोई, काटे कोई

---

1. खुशी और उम्मीद 2. निराशा 3. अंतरिक्ष 4. हक़ और न्याय 5. शोभा

बंद कमरे में रौशनी के लिए
एक रौज़न[1] है ज़िन्दगी के लिए

वो दुआ दे रहा है जीने की,
और हालात ख़ुदकुशी के लिए

दोष अपने सिवा किसे दूं मैं,
ज़िन्दगी भर की तिश्नगी[2] के लिए

ज़ह्र की घूंट पी रहा हूं मैं,
अपने बच्चों की ज़िन्दगी के लिए

फूल की फ़िक्र अब नहीं मुझको,
वक़्फ़[3] हूं मैं तो हर कली के लिए

ज़िन्दगी के सफ़र में सब तन्हा,
कोई रुकता नहीं किसी के लिए

मंच पर शाइरी नहीं होती,
मंच होता है मसखरी के लिए

---

1. छोटा छेद 2. प्यास 3. समर्पित

खुली हवाएं आने दो दिल का दरवाज़ा खोलो
मिल-जुलकर सब रहना सीखो प्यार का रस्ता खोलो

सुखी परिन्दा वो है जिसने सारे बंधन काटे,
तुम में भी वो चाहत हो तो अपना पिंजरा खोलो

कागज़ पर उगते सूरज का मंज़र कबतक देखें,
अंधियारा जो दूर भगाये वो दरवाज़ा खोलो

आमादा हो दुनिया को तुम गांव बनाने पर जो,
हम भी देखें कैसा है उस गांव का नक्शा खोलो

क़र्ज़ से निपटें चाहे जैसे आनेवाली नस्लें,
स्वीस बैंक में तुम अपना बेनामी खाता खोलो

बदल-बदल के पहलू तुमने चाल चली मनमानी,
अब तो छोड़ो आंख मिचोली अपना पत्ता खोलो

कभी होता नहीं हिन्दू या मुस्लमां सूरज
रौशनी सबके लिए लाता है यक़सां सूरज

काई बैठी है फ़सीलों[1] प ग़ज़ब की हरसू[2],
मेरे आंगन में उतरना नहीं आसां सूरज

एक मुद्दत से अंधेरों में है गुम अपना वजूद,
मेरी जानिब भी ज़रा देख दरख़्शां[3] सूरज

रेंगते लम्हों में इक गरमि-ए-एहसास लिए,
मेरे ख़्वाबों में चला आया हिरासां[4] सूरज

प्यास धरती की बुझाने वो समुन्दर भागा,
दर्द सबका लिए फिरता है परीशां सूरज

मां ने बेटे की ज़बीं[5] चूम के हसरत से कहा,
मेरी ख़्वाहिश, मेरी चाहत, मेरे अरमां सूरज

---

1. दीवारों 2. चारो तरफ 3. चमकीला 4. भयभीत 5. ललाट

बांट के अपनी सारी खुशियाँ ओढ़ चुकी बीमारी मां
खाट पे लेटी देख रही है अब अपनी लाचारी मां

किससे अपना दुखड़ा रोये, किससे दिल की बात कहे,
घर को जोड़े रखकर आख़िर टूट गयी दुखयारी मां

काट रही है सब्ज़ी वो या काट रही है अपने दिन,
सच्चाई तो चाकू जाने या जाने बेचारी मां

दिनभर सबकी ख़िदमत करती, रात गये सुस्ताती थी,
पांव की जूती बनकर तूने सारी उम्र गुज़ारी मां

खिलकर मुरझाना तो सबको आता है इस दुनिया में,
मुरझाकर लेकिन खिलने की सीख गयी फ़नकारी मां

अपने अपने मज़हब का हम पास जो रखते प्रेमकिरण
हरगिज़ बेच न पाती अपना बच्चा भूख की मारी मां

कहां हर घड़ी हर ख़ुशी मांगता है
शबे-ग़म में वो रौशनी मांगता है

जिसे जीतने की तमन्ना है दुनिया,
वो अक्सर मेरी ज़िन्दगी मांगता है

सभी की ज़रूरत प उसकी नज़र है,
ख़ुशी से जो दे दिल वही मांगता है

तुम्हें हो मुबारक़ ज़माने की ख़ुशियां,
वो बाबा की 'जनता घड़ी' मांगता है

बड़ा नासमझ है, हठी है मेरा दिल,
वो बचपन के दिन वो गली मांगता है

न जाने गली ये कहां बंद होगी,
नया रास्ता रहबरी मांगता है

'किरन' का गुज़र इस नगर में न होगा,
यहां आदमी बेहिसी[1] मांगता है

1. संवेदनहीनता

आंखें खोले दीवारों से चिपके बैठे हैं
कैसी चुपकी साधे घर में पुरखे बैठे हैं

शायद मौसम ने कोई संदेशा भेजा है,
पेड़ के सारे पत्ते दामन झाड़के बैठे हैं

हम भी शातिर लेकिन हमसे माहिर शातिर वो,
किसको शह देने का ख़्वाब संजोये बैठे हैं

अपनी-अपनी फ़िक्र है सबको हमसे पूछे कौन,
किसकी ख़ातिर जिस्म से नाता जोड़े बैठे हैं

बोग़्ज़[1], अदावत, कीना[2] और फ़रेबो-मक्कारी,
अंधियारे में दुश्मन घात लगाये बैठे हैं

1. ईर्ष्या 2. छल

मुक़द्दर में क्या है न जाने दिया
चला है अंधेरा मिटाने दिया

बहुत ग़म के तूफ़ान आये मगर,
ख़ुशी का कोई पल न जाने दिया

कहीं तेज़ बारिश, कहीं धूप है,
ये कैसा नज़ारा फ़ज़ा ने दिया

न गर्दिश से दामन छुड़ाया कभी,
न घर का पता रहनुमा ने दिया

उसे फ़िक्र अपनी सताने लगी,
मुझे रौशनी में न आने दिया

हमारे लहू में मिलावट नहीं,
'चराग़ों को धोका हवा ने दिया'

मुहब्बत की दौलत लुटाता रहा,
ख़ज़ाना ये मुझको ख़ुदा ने दिया

न आंखों में आंसू, न लब पर गिला,
न पूछो मुझे क्या वफ़ा ने दिया

शरारे रगों में सुलगने लगे,
मज़ा भीगने का घटा ने दिया

फ़क़त रिज़्क़[1] की जुस्तजू ने 'किरन',
परिन्दों को कब घर बसाने दिया

1. भोजन

फूल लगता है कभी चांद का टुकड़ा चेहरा
हमको होता है गुमां देख के क्या-क्या चेहरा

धूप में ओस की बूंदों-सा दमकता चेहरा
भूल सकता नहीं मिट्टी में वो लिपटा चेहरा

वक़्त की मार कहे या कि मुक़द्दर अपना,
खुश्क़ पत्तों की तरह राह में बिखरा चेहरा

आइना देख के हैरान-सा रह जाता हूं,
कितना मासूम था बचपन का वो प्यारा चेहरा

लाख कोशिश करो सच्चाई नहीं छुपती है,
दिल का दरपन है हमारा या तुम्हारा चेहरा

उसकी आंखों में है पानी न धड़कता दिल है,
आदमी है कि वो तस्वीरे-बुतां का चेहरा

वो कोई दोस्त हो, दुश्मन हो, सितमगर हो कोई,
अब तो हर चेहरा मुझे लगता है अपना चेहरा

इन उजालों से उमीदें तो 'किरन' थीं लेकिन,
शाम ढलते ही मिला फूल-सा उतरा चेहरा

ग़म भी आसां हो जाता है
हंस के जीना जब आता है

ठोकर खाते-खाते इक दिन,
इंसां पत्थर हो जाता है

उसमें ऐसा क्या है आख़िर,
जिसको देखो गुन गाता है

बात नहीं जो समझी उसने,
बात वही वो समझाता है

बातों में तेज़ाब है उसकी,
दिल को छलनी कर जाता है

दिल को 'किरन' शादाब[1] रखो,
मौसम तो आता-जाता है

1. हरा-भरा

गो बुरी है बावली है ज़िन्दगी
चुलबुली है मनचली है ज़िन्दगी

ख़्वाब में फ़रमा-रवा-ए-क़ायनात[1],
सामने क़िस्मत जली है ज़िन्दगी

ठोकरें खाते हैं हम हरदम यहां,
इक अंधेरी-सी गली है ज़िन्दगी

अश्क पी-पी कर हुई है ये जवां,
ग़म के साए में पली है ज़िन्दगी

बिछ गयीं सूरज की किरनें राह में,
मुसकरा कर जब चली है ज़िन्दगी

ये समझ लेना बहुत दुश्वार है,
कब बुरी है, कब भली है ज़िन्दगी

कृष्ण की गीता सुनोगे 'प्रेम' से,
दोस्त! गोकुल की गली है ज़िन्दगी

---

1. दुनिया की बादशाहत

करें हम क्या किसी से दोस्ती अब
ये दुनिया हो गयी है मतलबी अब

पड़ोसी से भी थे रिश्ते हमारे,
न वो कुर्बत[1], न वैसे आदमी अब

न गुस्से पर रहा क़ाबू हमारा,
न नस्ले-नौ[2] में वो शाइस्तगी[3] अब

उड़ाकर ले गयी आंचल सरों से,
बतायें क्या हवा कैसी चली अब

तअय्युन[4] कौन-सा रस्ता करें हम,
लगेगी किस ठिकाने ज़िन्दगी अब

---

1. नजदीकी 2. पीढ़ी 3. सहनशीलता 4. चुनाव

किसी मज़लूम की ये बद्दुआ थी,
मुसीबत बन के जो फूली-फली अब

ग़ज़ल के रंग में तू मर्सिया लिख,
यही है इस सदी की शाइरी अब

'किरन' को ज़िन्दगी की जुस्तजू थी,
मिली है शहर की आवारगी अब

इन अंधेरों के लिए ये चांद-तारे कुछ नहीं
रौशनी की तश्नगी हैं और प्यारे कुछ नहीं

मोतियों की जुस्तजू मझधार तक ले जाएगी,
शंख हैं, कुछ सीपियां हैं और किनारे कुछ नहीं

मंज़िलों की राह में शोले बिछे तो क्या हुआ,
अपनी हिम्मत कह रही है ये शरारे[1] कुछ नहीं

इन अंधेरों में किसी की ज़िन्दगी सारी कटी,
तुमने कुछ लम्हे गुज़ारे, तो गुज़ारे कुछ नहीं

मुश्किलें जो झेलता है वो सफ़ीना[2] अब हूँ मैं,
ये भंवर, ये मौज, ये तूफां, ये धारे कुछ नहीं

अश्क़ या फ़ाक़ाक़शी या चंद ग़ज़लें दोस्तो,
एक शायर के मकां में और नज़ारे कुछ नहीं

दर्द के जोतीकलश से जोत छलकाओ 'किरन',
ज़िन्दगी के घोर अंधेरे में सहारे कुछ नहीं

---

1. चिन्गारियाँ 2. नाव

दिल का आलम अजीब होता है
आइना जब करीब होता है

कब रफ़ाक़त[1] प लोग मरते हैं,
कौन किसका हबीब[2] होता है

मुझको घर ख़्वाब उनको घर ही घर,
अपना-अपना नसीब होता है

वो ग़रीबों का क़र्ब[3] क्या जाने,
पैसेवाला अजीब होता है

जो अंधेरों से लड़ नहीं सकता,
सुब्ह का वो रक़ीब[4] होता है

दिल के कहने प जो नहीं चलता,
वाकई बदनसीब होता है

इश्क़ का ग़म जिसे भी मिल जाय,
वो 'किरन' ख़ुशनसीब होता है

---

1. दोस्ती 2. दोस्त 3. तकलीफ़ 4. दुश्मन

रात आएगी तो घर जाएंगे
लाख सिमटे हों बिखर जाएंगे

घर भी है कोहे-निदाही[1] जैसा
दिल न चाहेगा मगर जाएंगे

पास आ जाएंगे हंसते हुए फूल
थक के जब शाम को घर जाएंगे

दोस्ती, जब्रे-अना[2], अहलो-अयाल[3]
और सोचेंगे तो मर जाएंगे

अपनी परछाईं हो कि अपना गुनाह
साथ जाएंगे, जिधर जाएंगे

राह रोकेंगे शजर[4] के साये
जो भी ठहरे, वो ठहर जाएंगे

---

1. पहाड़ की ओर देखकर हँसी छूटना 2. स्वाभिमान का दबाव 3. परिवार 4. पेड़

दोस्तो हम तो हैं दरिया जैसे
दश्त[1] के दिल में उतर जाएंगे

लाख हों दुश्मने-दस्तारे-जुनूं
हम उठाए हुए सर जाएंगे

हम 'किरन' रौशनी देने के लिए
तीरगी[2] होगी जिधर जाएंगे

---

1. उन्माद के पगड़ी के दुश्मन 2. अंधेरा

पीठ पर उनको बिठाऊँ ज़रा घोड़ा हो जाऊं
मेरे बच्चों की ये ज़िद है कि मैं बच्चा हो जाऊं

उसी जज़्बे, उसी तेवर का मैं हिस्सा हो जाऊं
नयी नस्लों से मिलूं और उन्हीं-सा हो जाऊं

कभी साहिल, कभी कश्ती, कभी दरिया हो जाऊं
मुझको जिस रूप में तू चाहे मैं वैसा हो जाऊं

कभी मुझको भी तो बच्चों-सी शरारत सूझे,
कभी मैं भी तो तेरे सामने बच्चा हो जाऊं,

यूं तो दुनिया की निगाहों में मैं पत्थर ठहरा,
तू तराशे जो मुझे मैं भी नगीना हो जाऊं,

वो जो भूखा है किसी क़ौम या मज़हब का हो,
उसको खाना न खिलाऊं तो मैं छोटा हो जाऊं

किसी सरहद की लकीरों का नहीं कायल वो,
मैं भी आज़ाद ख़यालों का परिन्दा हो जाऊं

नाव काग़ज़ की रवां जब से हुई पानी में,
मैं नहीं चाहता इस खेल में दरिया हो जाऊं

मैं उजाले के फ़रिश्ते को यूं देखूं कैसे,
उससे नज़रें जो मिलाऊं तो मैं अंधा हो जाऊं

बेटियां नींद ही आंखों की चुरा लेती हैं,
खरी फ़स्लों से 'किरन' कैसे बेगाना हो जाऊं

सब लुटेरे तख़्त के हकदार निकले दोस्तो
हर क़बीले के वही सरदार निकले दोस्तो

रौशनी के शह्‌र में परछाइयां हैं हर तरफ,
आदमी ही साया-ए-दीवार निकले दोस्तो

सर उठाए हैं चमन में यूं ख़सो-ख़ाशाक़[1] ने,
जितने तिनके थे वही तलवार निकले दोस्तो

चारागर[2] तसख़ीस[3] भी करता है तो उल्टी दवा,
जितने अच्छे लोग थे बीमार निकले दोस्तो

हर असातीरी[4] कहानी का असर उल्टा हुआ,
सुननेवाले ख़ुद बुरे किरदार निकले दोस्तो

पालने में आज के बच्चे सभी बूढ़े हुए,
ये गुरेज़ां[5] वक़्त की रफ़्तार निकले दोस्तो

1. खर-पतवार 2. डॉक्टर 3. उपचार 4. धार्मिक कथा 5. भागते

दुख भी देंगे, सुख भी देंगे रोयें क्या मुसकायें क्या
फूल मिले हैं कांटों वाले इनपर हम इतरायें क्या

ओस की नन्हीं बूंद हमारी प्यास बुझाने आयी हैं,
दरिया भी मायूस गया है इनको हम बतलायें क्या

मिट्टी बोले, मिट्टी रोये, मिट्टी नाचे-गाये भी,
सारा खेल तमाशा उसका पुतलों को समझायें क्या

मेरा उसका रिश्ता वो है जिसका कोई नाम नहीं,
दुनिया वाले पूछ रहे हैं इनको हम बतलायें क्या

तूफ़ानों में लाख घिरे हों हमको कोई फ़िक्र नहीं,
उसकी कश्ती में बैठे हैं लहरों से घबरायें क्या

मांग रहा है देने वाला सांसों का हर एक हिसाब,
'प्रेमकिरन जी' बोलो आख़िर ख़र्चे में दिखलायें क्या

दुखों के बोझ से बिखरे शबाब को देखा
झुलसती धूप में मैंने गुलाब को देखा

हसीन जिल्द थी लेकिन वरक़-वरक़ दीमक,
अजीब हाल में दिल की किताब को देखा

न माहिया[1] है, न क़ाफ़ी[2], न सांझा चूल्हा है,
लहू के रंग में बहते चिनाब को देखा

सती की रस्म का मंज़र है अपनी आंखों में,
चिता में जलते हुए माहताब को देखा

ज़मीन कितनी पुरइसरार[3] है समझ न सके,
जो चीरा ज़र्रे का दिल आफ़ताब को देखा

वो आंख जिसमें कि महरूमियों का साया है,
उसी में पलते हुए इन्क़लाब को देखा

---

1. पंजाब के किसानों के लोकगीत 2. बुल्लेशाह का क़ाफ़ी (गीत) 3. रहस्यमय

ख़ुदा ही जाने कि ताबीर[1] इसकी क्या होगी,
खुली जो आंख तो आली जनाब को देखा

ये हुक़्मरां का क़रम है कि जल गयी बस्ती,
अंधेरी रात में रौशन अज़ाब[2] को देखा

'किरन' ख़ुदा भी जो ख़ाना-ख़राब[3] है तो रहे,
ख़ुदा ने कब किसी ख़ाना-ख़राब को देखा

---

1. स्वप्नफल 2. दुख 3. जीण-शीर्ण घर

आंगन-आंगन चहल-पहल है हंसता-गाता घर
शाम उतरते ही लगता है साया-साया घर

जागी आंखों का सपना है बीबी-बच्चा घर,
छोड़ के इक दिन सब जायेंगे रोता-गाता घर

जीता-मरता कौन हमारे हर सपने के साथ,
सारे बच्चे देख रहे हैं अपना-अपना घर

वो क्या जानें जोड़ी गयी है कैसे इक-इक ईंट,
बेटों को तो मिल जाता है बना-बनाया घर

बंटवारे का पहला कदम है आंगन में दीवार,
शायद इक दिन हो जायेगा टुकड़ा-टुकड़ा घर

वक़्त के जादूगर ने खंडहर में कैसे किया तब्दील,
संदल के दरवाज़ेवाला प्यारा-प्यारा घर

पस्ती[1] और बलंदी में है कितना नुमाया[2] फ़र्क़,
झाँक रहा है मेरे घर में हमसाये[3] का घर

हाथ में अपने मिश्अल[4] लेकर निकले हैं आसेब[5],
देख के गलियों में हंगामा सहमा मेरा घर

आनेवाले तूफ़ां से है शायद वो अनजान,
नन्हीं चिड़िया जोड़ रही है तिनका-तिनका घर

दुखी दिलों में प्यार का तोहफ़ा करता है तक़्सीम,
सबकी ख़ातिर खुला हुआ है 'प्रेमकिरन' का घर

---

1. छोटा 2. स्पष्ट 3. पड़ोसी 4. मशाल 5. प्रेत

चलते-चलते आ गया ये कैसा रस्ता सामने
दूर तक फैला हुआ है घुप् अंधेरा सामने

सब सियासत ही के गंदे खेल में मसरूफ़ हैं,
डर रहा हूं देख के अंजामे-फ़र्दा[1] सामने

आइने को तोड़ने से क्या हक़ीक़त मिट गयी,
जो छुपा था आ गया है वो भी चेहरा सामने

सहमे-सहमे से हैं बच्चे हंसती गुड़िया देखकर,
कल धमाके में मरा था एक बच्चा सामने

मैं तो महफ़िल में अकेला ही खड़ा हंसता रहा,
सबकी सलमा सामने थी सबकी राधा सामने

कुछ तमन्ना, कुछ उमीदें, कुछ ये शेरो-शायरी,
ज़िन्दगी जीने को है अच्छा बहाना सामने

किसके दरवाज़े प दस्तक दे कहां जाये 'किरन'
हाथ फैलाये खड़ा है भूखा बच्चा सामने

---

1. भविष्य का अंजाम

हमें घर के मसायल ने परीशां हाल रक्खा है
सफ़ीने[1] को भंवर की गर्दिशों में डाल रक्खा है

फंसेंगे खुद ही इसमें एक दिन ये भूल जाते हैं,
जो औरों के लिए हमने बिछाकर जाल रक्खा है

ग़मों की धूप में जलने का हमको तजरुबा तो है,
खुशी की छांव ने लेकिन हमें बेहाल रक्खा है

ज़माने को हमारा फूल जैसा दिल नहीं भाया,
तो अपने दिल को पत्थर में किरन जी ढाल रक्खा है

---

1. नाव

मैं हूं मज़दूर क़लम का बड़ी किस्मत मेरी
इक शहंशाह से कमतर नहीं अज़मत[1] मेरी

ज़ुल्म के सामने झुकना नहीं सीखा मैंने,
मौत के ख़ौफ़ से डरना नहीं आदत मेरी

मैं उसे राह में पत्थर की तरह लगता हूं,
उसकी नज़रों में है बस इतनी ही क़ीमत मेरी

मैं तो आज़ाद परिन्दों-सा हूं उड़नेवाला,
क़ैद में रख नहीं सकती है ज़रूरत मेरी

मेरा कासा[2] रहा ख़ाली ही का ख़ाली हरदम,
तिश्नगी में भी है ख़ुश रहने की आदत मेरी

---

1. महत्ता 2. पात्र

मंदिरों, मस्जिदों, गुरुद्वारों में क्या रक्खा है,
प्यार इन्सान से करना है इबादत मेरी

तुम तो इन्सान हो पत्थर भी पिघल जायेंगे,
सामने आने दो रूदादे-हक़ीक़त[1] मेरी

वक़्त इन्सान का सबसे बड़ा रहबर है 'किरन',
मेरे बच्चों को वही देगा नसीहत मेरी

1. सच्ची कहानी

वो शिकारी न फ़रेबी, न लुटेरा ठहरा
जो मेरी जान का दुश्मन था मसीहा ठहरा

हमको सपने न दिखाओ ए सियासतदानो,
रौशनी में भी नज़र आता है अंधेरा ठहरा

जान की बाज़ी लगा देता है जीने के लिए,
आदमी जैसे किसी रेस का घोड़ा ठहरा

जाने किस बात की हमने ये सज़ा पायी है,
दिल तो रोता है मगर काम हंसाना ठहरा

ये भरोसा था कि मंदिर में मिलेगा भगवान,
वो मगर 'शबरी' के घर बेर का भूखा ठहरा

घटती-बढ़ती हुई सरहद की लकीरें हैं सबूत,
मुल्क काग़ज़ पे बनाया हुआ नक़्शा ठहरा

अपने बेटे से मुहब्बत का तो आलम ये है,
दुख भी देता है तो कहते हैं वो बच्चा ठहरा

सच किसी दौर में बदला है न बदलेगा 'किरन',
नीम कड़वा ही सही साया तो ठंडा ठहरा

ऐसी ख़ुशियों का कोई मक़सद नहीं
जिनके आगे दर्द की सरहद नहीं

प्यास और बढ़ती गई, जितना पिया,
रूप, रस या गंध की कुछ हद नहीं

धूप में निकले अना[1] को ओढ़ कर,
सर प साये के लिए बरगद नहीं

बस हमें अपनी ज़मीं की खोज है,
आसमां को छू सकें वो क़द नहीं

मात दे दें आंधियों को किस तरह,
इक दिया हैं हम कोई अंगद नहीं

जुर्म और इल्ज़ाम में इक फ़र्क है,
ज़िन्दगी बदनाम अच्छी, बद नहीं

पत्थरों को मोम कर दे दोस्तो,
वो हरारत धूप में शायद नहीं

---

1. स्वाभिमान

अबके मायूस ही लौटा है खिलोनेवाला
कोई बच्चा न मिला गांव में रोनेवाला

कम से कम क़त्ल का मंज़र तो न देखा उसने,
जागनेवालों से अच्छा रहा सोनेवाला

मां के आंचल प है बच्चों के लहू के छींटे,
कोई आंसू नहीं इस दाग़ को धोनेवाला

जाने किस दिल से सुनाता था लतीफ़े अक्सर,
कहकहे बांटता फिरता था वो रोनेवाला

मैं तो आराम से पत्थर पे भी सो जाता हूँ,
गोलियां नींद की खाता है बिछोनेवाला

हर हुनरमंद का होता है हुनर ही दुश्मन,
जाना-पहचाना है ये हादसा होनेवाला

जुस्तजू फूलों को कैसे न 'किरन' की होती,
वो था पैराहने-मौसम[1] को भिगोनेवाला

---

1. मौसम का वस्त्र

न मैं बोलता हूं न घर बोलता है
सुकूते-शबे-ग़म[1] मगर बोलता है

सजेंगे घरौंदे, न गुड़िया हंसेगी,
जलाया गया है जो घर बोलता है

किसी से उमीदे-वफ़ा तुम न रखना,
समर[2] बोलते हैं, शजर बोलता है

यहां भी कभी कोई तहज़ीब होगी,
नदी बोलती है, भंवर बोलता है

समझता है जो भी ज़बाने-ख़मोशी[3],
उसी आदमी से खंडहर बोलता है

तेरे इस चमन को ख़ुदा ही बचाए,
कि मेरी ज़बां से शरर[4] बोलता है

---

1. रात के दुख की चुप्पी 2. फल 3. चुप्पी की भाषा 4. चिनगारी

सदा[1] मुनजमिद[2] हो गयी उंगलियों की,
मगर हर सदी में हुनर बोलता है

मुसाफ़िर भटकते रहे रास्ते में,
सिसक कर गुबारे-सफ़र बोलता है

कली अपने अंजाम से बेख़बर है,
'किरन' फूल वक़्ते-सहर[3] बोलता है

1. आवाज़ 2. जमा हुआ 3. सुबह का समय

क्यों है चेहरे का अब रंग फ़क़ दोस्तो
मैंने पूछा है पिछला सबक़ दोस्तो

मैं बिखरता गया बस बिखरता गया,
दास्तां है वरक़-दर-वरक़ दोस्तो

ये ज़मीं भी नहीं, वो फ़लक़ भी नहीं,
मैं किसी का नहीं मुस्तहक़[1] दोस्तो

मुझको भी चैन से सांस लेने तो दो,
इस ज़मीं पर है मेरा भी हक़ दोस्तो

बज़्मे-इम्का[2] में ऐसी सदी आएगी,
रात देखेगी ख़्वाबे-शफ़क़[3] दोस्तो

---

1. अधिकारी 2. संभावनाओं की दुनिया 3. भोर का सपना

बात निकली सुलगती हुई रात की,
सुब्ह का हो गया रंग फ़क़ दोस्तो

किस प साबित सदाक़त[1] का इल्ज़ाम हो,
कौन है दार[2] का मुस्तहक़ दोस्तो

ज़िन्दगी एक पल की मगर ज़िन्दगी,
बिजलियों ने दिया ये सबक़ दोस्तो

1. सच्चाई 2. सूली

ज़माना तो रूठा है हमसे ख़ुदा भी
कहां सर छुपायें गया आसरा भी

कभी उफ़् नहीं की सितम को सहा भी
अजब दिल है मां का दुखा भी, हंसा भी

तुम्हें हर ख़ुशी मिल गयी ज़िन्दगी की,
लिया ही जहां से कभी कुछ दिया भी?

सदा नाम रौशन रहेगा तुम्हारा,
दिये से जलाओ कभी इक दिया भी

वहां रौशनी की ज़रूरत बहुत है,
जहां ज़ेह्न में तीरगी हो ज़रा भी

'किरन' कहकहों का सितम भी तो देखो,
बहुत दिल ये रोया किसी ने सुना भी?

मैंने पहले ही कहा था तुमने ही माना नहीं
ये शजर वो है कि जिसमें बर्ग[1] है साया नहीं

साथ मेरे चल रही हैं घर की जिम्मेदारियां,
सिर्फ कहने के लिए तन्हा हूं मैं, तन्हा नहीं

सारी ख़ुशियां लेके कोई मुझको दे थोड़ी-सी नींद,
मुद्दतों से एक पल भी चैन से सोया नहीं

दिल तो बहलाया सबों का ख़ुद है महरूमे-तलब[2],
वो खिलोना टूटकर भी आज तक रोया नहीं

जिसने सबको ज़िन्दगी दी, सबमें बांटा प्यार को,
उस नदी को आपसे कुछ मांगते देखा नहीं

इश्क़ मंज़िल का पता कब पूछता है ए 'किरन',
है मुसलसल ही सफ़र में वो कभी ठहरा नहीं

---

1. पत्ता 2. चाहत से वंचित

उनकी राहों में अगर खुद को मिटाया होता
मैं भी औरों की तरह आंख का तारा होता

एक-इक फ़र्द[1] अगर नींद से जागा होता
आज इस मुल्क़ का कुछ और ही नक़्शा होता

दुश्मनी लाख सही प्यार का जज़्बा होता
काश किरदार मेरा 'कृष्ण' के जैसा होता

मैं भी बच्चों ही सा खो जाता किसी मेले में,
भूलकर रंज़ो-अलम[2] जो कभी तन्हा होता

ग़म की तपती हुई इस धूप में जीना मुश्किल,
मेरे आंगन में भी इक पेड़ का साया होता

---

1. व्यक्ति 2. दुनिया का ग़म

शाम ढलते ही मुझे खींच के लाता ये दिल,
घर में कोई जो मेरी राह में बैठा होता

भूल अपनी थी ज़माने से शिकायत कैसी,
हम जो उसके हुए होते, वो हमारा होता

फूल बन जाते 'किरन' राहों के ये अंगारे,
'उसकी जानिब से अगर कोई इशारा होता'

मिले जो भी मुक़द्दर से उसे बढ़कर उठाते हैं
हम अक्सर ज़िन्दगी के बोझ को हंसकर उठाते हैं

बचा लेते हैं दामन को बबूलों के घराने से,
हम अपने दुश्मनों पर भी कहाँ ख़ंजर उठाते हैं

हवस की भूख ने इन्सान को बेहिस[1] बनाया है,
जो फल देते हैं उन पेड़ों प हम पत्थर उठाते हैं

ये मिट्टी हो गयी है आंसुओं से नम बहुत जब से,
चमन के सब ख़सो-ख़ाशाक़[2] अपना सर उठाते हैं

कभी दामन में अपने झांककर देखा नहीं शायद,
सरे-महफ़िल जो उंगली आजकल हमपर उठाते हैं

किसी जंगल में जाकर हम 'किरन' धूनी रमायेंगे,
तुम्हारे शह्र से अब बोरिया-बिस्तर उठाते हैं

---

1. संवेदनशून्य 2. खर-पतवार

बदल डालो अब तो निजामे-जहां को
हंसे इक ज़माना हुआ गुलसितां को

ज़माना भुला दे ये मुमकिन नहीं है,
लिखेगा लहू से मेरी दास्तां को

बहुत अपने दिल को मैं समझा रहा हूं,
बसाता नहीं कोई उजड़े मकां को

पहाड़ों को ज़िद थी कि रस्ता न देंगे,
कहां रोक पाये वो जू-ए-रवां[1] को

किसी को न हासिल हो इतनी बलंदी,
हिक़ारत[2] से देखे जो सारे जहां को

निराशा में आशा की किरनें छुपी हैं,
दिखायेंगी रस्ता वही कारवां को

कोई चोट पहुंची तो होगी यक़ीनन,
ज़बां मिल गयी कैसे इक बेज़बां को

1. पानी का बहाव 2. नफ़रत

वो तो मझधार में तिनके का सहारा चाहे
अपनी कश्ती जो किनारे से लगाना चाहे

ख़ुद लगाये हुए पेड़ों का वो साया चाहे
वक़्त से पहले उमीदों से ज़ियादा चाहे

इन अंधेरों में उसे राह दिखायेगा कौन,
कोई जुगनू, न दिया फिर भी उजाला चाहे

मरते मर जायेंगे ऐसा नहीं होने देंगे
तेरी तस्वीर को धुंधला नहीं होने देंगे

जिन फ़सीलों[1] में पनपती हैं गुनाहें अक्सर,
उन फ़सीलों को हम ऊंचा नहीं होने देंगे

ज़ुल्म हरगिज़ न सहेंगे, न रहेंगे ख़ामोश,
ज़िन्दगी तुझको 'अहल्या' नहीं होने देंगे

नोंच डाले जो हमें ज़ाग़ो-ज़गन-सा[2] कोई,
ऐसे हालात ही पैदा नहीं होने देंगे

चांद मांगा, न सितारों की तमन्ना की है,
'ख़्वाब मेरे मुझे रुसवा नहीं होने देंगे'

हमने बच्चों को बड़े प्यार से पाला है 'किरन',
उनको महरूमे-तमन्ना नहीं होने देंगे

1. दीवारों 2. चील-कौवों

मुझे हर रास्ता पहचानता है
जिधर देखो मेरा ही नक़्शे-पा[1] है

न पूछो ज़िन्दगी का हुस्न क्या है,
शफ़क़[2] है, फूल है, शबनम, सबा[3] है

हज़ारों कश्तियां जिसने डुबोयी,
सफ़ीने का वही फिर नाख़ुदा[4] है

कभी रौनक़ बरसती थी यहां भी,
यही घर जो खंडहर-सा बन गया है

ग़लत रस्ते से घर पहुंचे तो कैसे,
वो अक्सर राह में कुछ सोचता है

'किरन' और ओस का रिश्ता पुराना,
चमन का बूटा-बूटा जानता है

---

1. पांव के निशान 2. लाली 3. सुबह 4. नाविक

शह्र में गांव की फ़िज़ा ही नहीं
सांस क्या लें कहीं हवा ही नहीं

क़र्बे-तख़्लीक[1] उसको क्या मालूम
वो मेरी तरह सोचता ही नहीं

मैं जिधर जा रहा हूं हमसफ़रो
उस तरफ कोई रास्ता ही नहीं

हर तरफ अब फ़क़त अंधेरा है
कोई दहलीज़ पर दिया ही नहीं

मौत का ख़ौफ़ उसको होता है
जिसको जीने का हौसला ही नहीं

तंग आकर यही मैं कहता हूं
जैसे कोई मेरा ख़ुदा ही नहीं

---

1. सृजन की वेदना

वो सोता है नींदें मेरी
ख़्वाब बुने क्या आंखें मेरी

सारा बाग़-बगीचा रब का,
चारो सम्त फ़सीलें मेरी

कैसा मौसम अबके आया,
सूख गयीं सब बेलें मेरी

मेरी सारी खुशियाँ तेरी
तेरी सब तकलीफ़ें मेरी

घर की सारी जिम्मेदारी,
पांवों में ज़ंजीरें मेरी

लाद लिया है बोझ ज़ियादा,
कश्ती आप संभालें मेरी

दुख के कितने परबत काटे,
तब निकली हैं राहें मेरी

'किरन' न जाने आगे क्या-क्या,
मंज़र देखें आंखें मेरी

जब भी जीवन में अंधेरा होगा
उसकी यादों का उजाला होगा

उसकी कश्ती में जो बैठा होगा,
हर मुसीबत से वो उभरा होगा

कोई हिन्दू है न मुस्लिम कोई,
सोचने वाला फ़रिश्ता होगा

बाग़बां को ये पता ही कब था,
ज़ख़्म फूलों से भी खाना होगा

घर से निकला तो ये जाना मैंने,
कोई अपना न पराया होगा

आज हर पल को ख़ुशी से जी लें,
किसको मालूम कि कल क्या होगा

अपने ईमान पे चलने वाला,
भीड़ में सबसे अकेला होगा

पीछे में सब याद करेंगे हर मिसरा दोहरायेंगे
हम तो अपनी ग़ज़ल सुनाकर तन्हा ही घर जायेंगे

ठोकर खाते-खाते जिस दिन हम पत्थर हो जायेंगे
एक किनारे लग जायेंगे सबको राह दिखायेंगे

काला पंछी जब उड़ता है महरूमी[1] बढ़ जाती है
रोज़ सुनहरे हिरन के पीछे भागेंगे पछतायेंगे

क़तरा-क़तरा लहू बदन का यों ही नहीं जलाया है
ख़ाक़ बनेंगे हम भी लेकिन फूलों में मुसकायेंगे

मेरा चेहरा, तेरा चेहरा, चेहरा-चेहरा दरपन है
सब बैठे ये सोच रहे हैं कैसे राज़ छुपायेंगे

बोसीदा[2] दीवार है लेकिन सुब्ह तो पहले होने दो
रौज़न-रौज़न[3] सूरज होगा घर रौशन हो जायेंगे

मेरी ग़ज़लें इन्द्रधनुष हैं रंगों की गुलकारी है
रंग जिन्हें जो भायेगा वह साथ अपने ले जायेंगे

---

1. उदासी 2. जर्जर 3. छेद

इम्तहां वक़्त ने ये कैसा लिया है मुझसे
घर में रहते हुए घर छूट गया है मुझसे

जो मुझे रेत की दीवार समझता था वही
तेज आंधी में मदद मांग रहा है मुझसे

वो अकेला ही अंधेरों को मिटाने निकला
एक नन्हा-सा दिया कितना बड़ा है मुझसे

अब नहीं रोते मेरे बच्चे खिलौनों के लिए
उनके ख़्वाबों का भरम टूट गया है मुझसे

अब तो आंखों में कोई रंग चमकता ही नहीं
आज तो उसका तसव्वुर भी खफ़ा है मुझसे

इस उदासी का सबब और 'किरन' है वरना
आज हर शख़्स मुहब्बत से मिला है मुझसे

ज़ख़्म खाया है मिले हैं जब भी उससे प्यार से
हंस के सब कुछ सह लिया टकरा के सर दीवार से

मेरे पेशे को जो चाहो नाम दो, लेकिन सुनो
आज भी जलता है चूल्हा मेरे घर अख़बार से

कुछ के चेहरे पर खुशी थी और कुछ मायूस थे
जिसकी जो औक़ात थी वो ले गया बाज़ार से

सबसे पीछे हम खड़े थे ख़्वाहिशों की भीड़ में
वो बहुत चालाक था जो जा मिला सरकार से

घर का मालिक सोचता है घर का हर अच्छा-बुरा
ये कभी मुमकिन न होगा इक किरायेदार से

जिसकी ख़ातिर अनगिनत कुर्बानियां दी हैं 'किरन'
मेरा बेटा खेलता है अब उसी दस्तार[1] से

1. पगड़ी

लहजा है बहुत सुस्त वो तेवर तो नहीं है
अब संग की बारिश का उसे डर तो नहीं है

हर शख़्स के चेहरे में किसे ढूंढ़ रहा है,
क़ातिल की निगाहों में मेरा सर तो नहीं है

हर वक़्त मुझे चोट ही पहुंचाई है उसने,
इंसां जिसे समझा है वो पत्थर तो नहीं है

क्यों रास नहीं आती उसे मेरी रफ़ाक़त[1],
दामन में मेरे फूल है ख़ंजर तो नहीं है

पंजों पर खड़ा हो के वो बौना ही रहेगा,
क़द उसका मेरे क़द के बराबर तो नहीं है

बच्चों की शरारत पे 'किरन' आंच न आये,
जो ख़ौंफ़ से सहमा रहे वो घर तो नहीं है

इन अंधेरों में दिये निकले हमारे काम के
देखते ही उड़ गये काले परिन्दे शाम के

हर मुसीबत में समुन्दर रास्ते देंगे ज़रूर,
नाम लिखकर पत्थरों पर डाल दो इकराम[1] के

कोई दुश्मन हो न हो वे लोग मारे जायेंगे,
जो सफ़ीरे-अम्न[2] हैं हक़दार हैं इनआम के

किस जगह है आदमी की ज़िन्दगी महफ़ूज़ अब,
लद गये वो दिन सुहाने चैन के आराम के

सारे रिश्ते इक न इक दिन टूट जायेंगे 'किरन',
रूह से होकर जुदा ये जिस्म हैं बस नाम के

1. ईश्वर 2. शांतिदूत

सैकड़ों उन्वान[1] देकर इक फ़साना बंट गया
अब तो पुरखों का मकां भी ख़ाना-ख़ाना बंट गया

आज से पहले कभी आबो-हवा ऐसी न थी
दिल बंटा, नफरत बंटी, फिर आशियाना बंट गया

शाम थी तो साथ थे सब, दिन निकलते क्या हुआ
पेड़ के हर इक परिन्दे का ठिकाना बंट गया

क़ौमी यकजहती[2] का मंज़र अब कहां देखेंगे लोग
इन्तहा ये है कि अपना बादाख़ाना[3] बंट गया

एक मसलक[4] से न जाने कितने ही मसलक बने
अब कहां सज़दा करें जब आस्ताना[5] बंट गया

दस्ते-मेहनतकश जो ख़ाली था वो ख़ाली ही रहा
हो गया खलिहान ख़ाली दाना-दाना बंट गया

आसमां को घर के आंगन से ज़रा देखो 'किरन'
ऐसा लगता है कि वो भी ख़ाना-ख़ाना बंट गया

---

1. शीर्षक 2. एकता 3. शराबघर 4. पंथ 5. देहरी

हर मुसीबत में रहा साथ निभानेवाला
थक के ख़ुद बैठ गया मुझको मिटानेवाला

रोज़ खुलती है नयी रेल मुसाफ़िर के लिए
छूट जाता है मगर बोझ उठानेवाला

अपनी तहज़ीब को हम कैसे बचायें आख़िर
कोई रस्ता तो मिले गांव को जानेवाला

जो भी मिलता है सियासत की ज़बां रखता है
कोई मिलता तो मुझे राह दिखानेवाला

कुछ किताबों में उजालों की कहानी पढ़कर
ज़ेह्न रौशन है अंधेरों से बचानेवाला

ज़िन्दगानी के कई रंग दिखा देता है
चन्द लफ़्ज़ों ही से तस्वीर बनानेवाला

दिल दुखाने का इरादा, न तमन्ना रखिए
कुछ न कुछ सामने हर शख़्स के तोहफ़ा रखिए

क्या अदावत से कभी खत्म हुए हैं रिश्ते
मिलने-जुलने के लिए कोई तो रस्ता रखिए

ग़र्दिशे-वक़्त तो आती है गुज़र जाती है
लाख रंजिश सही हंसता हुआ चेहरा रखिए

अपनी परछाई से डरने की ज़रूरत क्या है
'ज़ेह्नो-दिल खोलिए इतना न अंधेरा रखिए'

अपनी पहचान ज़रूरी है बनाये रखना
क़द को जैसे भी हो इस भीड़ में ऊंचा रखिए

मौत हमसे बड़ी फ़नकार रही है शायद
अपना हमशक्ल बनाकर भी यहां क्या रखिए

खेल जितना भी दिखाना था 'किरन' खत्म हुआ
अब ये डफली, ये पिटारा, ये तमाशा रखिए

आग की बरसात का मौसम है ये जलना पड़ेगा
वक़्त ही के साथ हमको उम्र भर चलना पड़ेगा

हर क़दम पर जूझना होगा यहां जीने की ख़ातिर,
लाख बंजर हो ज़मीं पर फूलना-फलना पड़ेगा

रीत ये सदियों पुरानी आज भी है इक हक़ीक़त,
फूल को हंसना अगर है बीज को गलना पड़ेगा

बोझ जितना भर ज़रूरी हो सफ़र में साथ रक्खें,
हम मुसाफ़िर हैं यहां से फिर कहीं चलना पड़ेगा

दौर कितना ख़राब है साहब
हर तरफ इज़्तिराब[1] है साहब

धुंध ऐसी कि कुछ दिखायी न दे
सर्दियों का शबाब है साहब

आदमी और ख़ून का प्यासा
क्या नशा, क्या शराब है साहब

हैं पतंगे दिये की लौ प निसार[2]
रौशनी का अज़ाब[3] है साहब

फूल कांटों में मुस्कुराता है
और किसमें ये ताब[4] है साहब

लोग कागज़ की नाव पर हैं सवार
क्या नया इन्क़लाब है साहब

---

1. बेचैनी 2. न्योछावर 3. प्रकोप 4. शक्ति

ज़िन्दगी का गुमान क्या करना
ये फ़क़त इक हुबाब[1] है साहब

एक ही शक्ल रोज़ गढ़ता हूं
कुछ अलग अपना ख़्वाब है साहब

बात सारी कही नहीं जाती
ख़ामुशी भी जवाब है साहब

मुफ़्त में और कुछ नहीं मिलता
मशवरा दस्तयाब[2] है साहब

शायरी फ़ैज़[3] दे कि दारो-रसन[4]
ये मेरा इन्तख़ाब[5] है साहब

---

1. बुलबुला 2. प्राप्य 3. वरदान 4. सूली 5. चयन

जहां तक नज़र जा रही है वहां तक
मिलेंगे न तुमको क़दम के निशां तक

ये कैसा है रस्ता, ये कैसा सफ़र है,
उजाला न देखा यहां से वहां तक

छुरी-सा जो दिल में उतरता रहा है,
वो दुश्मन है मेरा, मेरी दास्तां तक

है काम उसका तन्क़ीद[1] करना हमेशा,
सफाई मैं देता फिरूंगा कहां तक

बिगड़ते-गये रोज़ आपस के रिश्ते,
फ़सीलें[2] खिंचेंगी न जाने कहां तक

---

1. आलोचना 2. दीवारें

चारों सम्त घटाएं काली, बादल-बादल पानी
खेतों-खेतों, पोखर-पोखर, जंगल-जंगल पानी

उमड़-घुमड़ कर बादल गरजे, सिहरे सारा कुम्बा[1],
ट्प ट्प चूए छप्पर-छौनी कंबल-कंबल पानी

जात न पूछे किसी से रुक के सबकी प्यास बुझाए,
इस तपती दोपहरी में भी शीतल-शीतल पानी

राम भरोसे मां बैठी है गिनती के गिनते दिन,
सारा जीवन दुख में भीगा आंचल-आंचल पानी

ऐसी उठीं 'सुनामी' लहरें बदला सारा मंज़र,
कितनी लाशें लेकर लौटा, बोझल-बोझल पानी

---

1. कुनबा

कल उसे लौटा दिया प्यासा तो देखा क्या हुआ
आज खुद दरिया है इक-इक बूंद को तरसा हुआ

ज़ख़्म मेरे प्यार का कुछ और भी गहरा हुआ
जब कभी भंवरे को देखा फूल पर बैठा हुआ

रोज़ घर से वो निकलता है उमीदें बांधकर
शाम ढलते लौट आता है थका-हारा हुआ

एक मिसरे की तरह है ये अधूरी ज़िन्दगी
मैं इसी की फ़िक्र में हूं आज तक उलझा हुआ

आसमां मातम करे कब तक किसी के वास्ते
देखता है रोज़ तारा टूटकर गिरता हुआ

हक़ बराबर है सभी का सब वतन के फ़र्द हैं
क्या हुआ जो पेड़ का पत्ता बड़ा, छोटा हुआ

कौन सुनता है किसी की मिन्नतो-फरियाद अब
इस जहां का जो ख़ुदा है वो भी अब बहरा हुआ

वो हवेली, वो मुंडेरे, वो परिन्दों का हुजूम
जैसे कोई ख़्वाब था इक रात का देखा हुआ

अब तो खतरे में 'किरन' है हम ग़रीबों का वजूद
ख़ानदानी लोग हैं अब क्या कहें कि क्या हुआ

मुलाक़ात तुमसे घड़ी दो घड़ी की
बढ़ाए मेरी तिश्नगी ज़िन्दगी की

जवानी की दहलीज़ पर है वो बच्चा,
किसी मां ने कितनी हंसीं शायरी की

सफ़र में अगर हैं तो मुमकिन नहीं ये,
न मैली हो चादर कभी ज़िन्दगी की

नसीहत बुज़ुर्गों की अपनी जगह है,
हक़ीक़त है अपनी जगह इस सदी की

कहीं है अंधेरा, उजाला कहीं है,
यही है अलामत[1] नयी रौशनी की

किताबों से उल्फ़त का हासिल यही है,
ज़हानत[2] उदू[3] बन गयी आदमी की

1. पहचान 2. बुद्धि 3. दुश्मन

तनावर[1] दरख़्तों के साये से बचना,
न फूला-फला जिसने भी दोस्ती की

विदा हो रही है वो हरिजन की बेटी,
दुआ कर रहा हूं 'किरन' पालकी की

---

1. ऊँचा

दिलों में है नफ़रत मुहब्बत नहीं है
सभी को तो हासिल ये नेमत नहीं है

बहुत बदचलन हो गयी है सियासत,
ज़रा-सी भी इसमें शराफ़त नहीं है

बड़ी शख़्सियत के बहुत से हैं दुश्मन,
सभी पर नज़र है अदावत नहीं है.

बलंदी प यूं ही नहीं हैं परिन्दे,
ये सौदा है सर का, ये किस्मत नहीं है.

जो ख़िदमत में उसकी है जीवन तो सोना,
'किरन' वरना मिट्टी की क़ीमत नहीं है

जिन्दगी का रास्ता है बेशजर चारों तरफ
भाग कर जाएं कहां है दोपहर चारों तरफ

मांगते हैं लोग रह-रह कर दुआ-ए-ज़िन्दगी
यूं फ़िज़ाओं में है जहरीला असर चारों तरफ

अपनी आंखें किस तरह सेंके कोई बरसात में
खेतियां बेफ़स्ल ताहद्देनज़र चारों तरफ

आज तक मौसम के रुख में कोई भी नरमी नहीं
सब मज़े में हैं ये फैली है ख़बर चारों तरफ

ये यक़ीं है दो कदम पर है मेरी मंजिल मगर
आंख धुंधलायी हुई गर्दे-सफर चारों तरफ

मत कुरेदो जाग उट्ठेंगे तो जल जाओगे तुम
राख के अन्दर हैं ख़ाबीदा[1] शरर चारों तरफ

1. छुपा हुआ

जो बहुत दिलनशीन होती है.
वो ग़ज़ल की ज़मीन होती है.

कीमते-अश्क जो समझती है,
नम वही आस्तीन होती है.

दिल है इक पिनकुशन-सा सीने में,
हर ख़लिश आलपीन होती है.

हम प आंसू गिरानेवालों के,
हाथ में ग्लिसरीन होती है.

रोज़ शामे-फ़रेब आती है,
रोज़ सुबहे-यकीन होती है.

सत्ह पे आ गई तो तूफ़ां है,
मौज जो तहनशीन होती है.

सूरतो-रंग कुछ नहीं है 'किरन',
ज़िन्दगी ख़ुद हसीन होती है.

हम भी बेकल, नदी भी बेकल, बेकल-बेकल धूप
ढूंढ़ रही है ठंडी छाया, पीपल-पीपल धूप

गोद में लेना चाहें तो वो गोद से फिसली जाए
मेरी नन्हीं बिटिया जैसी चंचल-चंचल धूप

जाने इस हरिजन टोली का कल क्या हो अहवाल
बड़का टोला बांट रहा है कम्बल-कम्बल धूप

साजन के घर से जो लौटी रूप हुआ अनमोल
गालों पर है शाम की लाली काजल-काजल धूप

जेठ महीना महुआ चुनने चली नवेली नार,
माथे पर मोती झलके है आंचल-आंचल धूप

जान का बैरी मूसल जाने क्या-क्या कूटे साथ
उसकी आंखें सावन-भादो-ओखल-ओखल धूप

सबा[1] चली न चमन में शगुफ़्तगी[2] आयी
गुलों के सामने मौसम की बेरुख़ी आयी

न खुश हुए मेरे बच्चे न ताज़गी आयी
मैं कैसे कह दूं कि इक्कीसवीं सदी आयी

यहां थे अश्कों की ख़ैरात बांटनेवाले
ये किस तरह से ख़ुशी मेरे घर चली आयी

सहर[3] के वास्ते कितनी दुआएं मांगी थीं
बदल के भेस उजाले का तीरगी आयी

सदा फ़रेब दिया तूने ज़िन्दगी मुझको
कभी न रास मुझे तेरी दोस्ती आयी

नज़र के सामने इन्सानियत का जादा[4] था
न बुतक़दा, न हरम की कभी गली आयी

---

1. पूरबी हवा 2. खिला हुआ 3. सुबह 4. रास्ता

मज़ाक उड़ाती है दुनिया तो ग़म नहीं मुझको
ख़ुद अपने हाल पा अक्सर मुझे हंसी आयी

चमन में जब भी कोई हादसा हुआ है 'किरन'
मुझी को बादे-सबा[1] ढूंढ़ती हुई आयी

---

1. पूरब से आनेवाली हवा

ज़िन्दगी का खोखलापन झांक कर देखेगा कौन
'लोग तो फल-फूल देखेंगे शजर देखेगा कौन'

दश्त बेआबो-शजर[1] है उस पर सूरज का जलाल[2]
तेज चलना है तो आदाबे-सफ़र देखेगा कौन

रह गयी है गो अधूरी उस परिन्दे की उड़ान
पुतलियों में ख़्वाब ज़िन्दा है मगर देखेगा कौन

कुछ हवेली को अंधेरों से बचाने के लिए
दोस्तो जलता हुआ ये मेरा घर देखेगा कौन

सिर्फ ये सूखे हुए पत्ते नहीं हैं, आग हैं
वो जो ख़तरा है मेरे पेशे-नज़र देखेगा कौन

---

1. बिना पेड़ और पानी के जंगल 2. तेज

कारवां लूटा गया है अपना, मंज़िल के करीब
कैसी ख़ुशियां दे गयी है ये सहर देखेगा कौन

इक कबूतर दे गया है रौशनी का खत 'किरन'
मैंने जो देखा है ख़्वाबों का नगर देखेगा कौन

मुश्किल को आसान बनाते हैं
हम सहरा में फूल खिलाते हैं

हमसे खुश रहते हैं घर वाले,
हंस के सबका बोझ उठाते हैं

दुनिया हमको पागल कहती है,
हम भी हंसते हैं बढ़ जाते हैं

उनको ये मालूम नहीं शायद,
हम पत्थर को मोम बनाते हैं

वो क्या जाने सुख क्या होता है,
जो दुख को रोते रह जाते हैं

हम घर की कच्ची दीवारों को,
देखें कब तक और बचाते हैं

थक के पंछी मचान पर बैठा
तीर लपका कमान पर बैठा

इसका अंजाम तो ख़ुदा जाने,
गिद्ध मेरे मकान पर बैठा

अब के किसको हलाल होना है,
एक चाकू है सान पर बैठा

सबको क्यों कर हरा-भरा रखता,
अब्र वो आसमान पर बैठा

लिख रहा है कहानियाँ सबकी,
इक परिन्दा चटान पर बैठा

उम्र भर का हिसाब करता हूं,
साठवें पायदान पर बैठा

ज़िक्र तेरा ग़ज़ल में क्या आया,
शेर सबकी ज़बान पर बैठा

# दोहे

घर भी घर के लोग से, बोले और बतियाय
सुनने वाला चाहिए, कोई तो मिल जाय

मंदिर-मस्जिद के लिए, झगड़ें राम-रहीम
नमक छिड़कने घाव पर, दौड़े वैद्य-हकीम

हर मज़हब फूला-फला, सदियों एक समान
मिली-जुली तहज़ीब है, भारत की पहचान

दरवाज़े पर भूख से, आये जो बेहाल
मज़हब पूछो बाद में, रोटी दो तत्काल

सबका मालिक एक है, उसको सबसे प्यार
राजा रंक, फ़क़ीर हो, या बेबस लाचार

उम्मीदों में कट गयी, जाने कितनी रात
सूरज लाने जो गये, लौटे ख़ाली हाथ

दिल्ली की आबो-हवा, संसद का माहौल
याद नहीं वो रख सके, अपने सारे कौल

मन का कहा बहुत किया, क्या पाया संसार
बारूदों के ढेर पर, बैठा आख़िरकार

मन का सोचा ही नहीं, तन की झाड़ी धूल
बूंद पड़े घुल जायगा, ये कागज़ का फूल

बच्चे सुख की खान हैं, बच्चे दुख की फांस
जिधर झुकाया झुक गये, जैसे कच्चा बांस

शिक्षक एक कुम्हार है, कच्ची मिट्टी छात्र
दोनों के संयोग से, बनते सुन्दर पात्र

संगत ऐसी कीजिए, दुख में दे जो साथ
दीपक के संग बैठ के, कट जाती है रात

ज़िन्दा रहने के लिए, बदले रूप हज़ार
फिर भी पकड़े जायंगे, इक दिन यम के द्वार

बीज अगर गलता नहीं, कैसे हंसते फूल
औरों को सुख बांटिए, अपने दुख को भूल

पत्थर में भगवान है, ठोकर में इन्सान
पुस्तक ही में रह गये, पुस्तक के सब ज्ञान

जिस बरतन में छेद है, उससे कैसी आस
सारा दरिया पी गया, मगर नहीं विश्वास

जिन पेड़ों में फल लगे, पत्थर निस दिन खाय
सज्जन अपने शीलवश, मीठे स्वाद चखाय

परबत जैसा दिन मिला, राई जैसी रात
मौसम घर-घर बांटता, गरमी की सौग़ात

जली-कटी अब धूप की, सहते हैं चुपचाप
कोयल मीठी बोल से, हर लेती संताप

प्यासे को पानी मिला, राहगीर को छांव
अब भी मेरे देश में, बचा हुआ है गांव

चैता गूंजे गांव में, झूमे आम बगान
नटखट बच्चे कर रहे, बूढ़े को हलकान

ठोकर में संसार है, मुट्ठी में आकाश
यौवन के उन्माद का, कौन करे विश्वास

पेड़ पुराना गिर पड़ा, बना सुरीला साज़
पहले मीठी छांव था अब मीठी आवाज़

टीवी आते गांव में, बदले रीति-रिवाज़
सब अपने में मस्त हैं, बिखरा सकल समाज

मतदाता हैरान है, ज्योतिष ज्ञाता खिन्न
करतब वो दिखला गया, मतपेटी का जिन्न

हर चेहरा है आइना, खोले मन का भेद
वो बरतन किस काम का, जिसमें निकले छेद

जिसकी जैसी हैसियत, जिसका जितना मान
अख़बारों में घेरता, उतना वह स्थान

सबको मिलता तो नहीं, उसके मन का काम
मर-मर कर जीते हुए, हुई सुबह से शाम

प्रेम-पुजारी हैं अमर, रांझा हो या हीर
बाक़ी सब गुमनाम हैं, राजा, रंक फ़क़ीर

अन्त नहीं है ज्ञान का, जितना लिया समेट
उससे आगे और है, कोरा रखना स्लेट

दुख की गठरी गांठ ले, जहां-तहां मत खोल
सच्चे सुख को साध ले, सबसे मीठा बोल

सच्ची-सीधी बात का, मत करना अपमान
ढूंढ़े से मिलता नहीं, दुनिया में इन्सान

तितली चूमे फूल को, चढ़ा प्रेम का रंग
निखरा-निखरा रूप है, कोमल-कोमल अंग

चूड़ी खनके हाथ में, झांझर बाजे पांव
दिल ने दिल से बात की, साजन पहुंचे गांव

प्यार कहां परदेस में, चैन कहां आराम
जिसकी जितनी भूख है, उसको उतना काम

महानगर की ज़िन्दगी, आती-जाती रेल
रस्ते भर का साथ है, रस्ते भर का मेल

नहीं किसी के वास्ते, समय किसी के पास
अपनी-अपनी चाकरी, अपने-अपने दास

रोटी ही ईमान है, रोटी ही भगवान
भूखे इन्सां को नहीं, पाप-पुण्य का ज्ञान

मुड़ी-तुड़ी-सी बांह है, सीना भी है चूर
जिसका भी यह वस्त्र है, जूझा है भरपूर

जंगल कटे मकान को, फिर भी क्या संयोग
दो पाली में रह रहे, इक कमरे में लोग

पानी-पानी पर लिखी, पानी की तकदीर
कुछ खेतों को सींचते, कुछ आंखों के नीर

मेहनत करके कब मिला, जीने का अधिकार
मिले सुहागा तब बने, स्वर्ण गले का हार

विज्ञापन में देखिए, सुन्दर कामुक देह
मॉडल बनकर नारियां, होती गयीं विदेह

एकाकीपन आया नहीं, घर को बिल्कुल रास
आंगन बच्चों के लिए, दिनभर रहा उदास

घर भी घर के लोग से, बोले औ बतियाय
सुननेवाला चाहिए, कोई तो मिल जाय

उतरा-उतरा रंग है, सूरत ख़स्ता हाल
अब तो घर के सामने, हंसना हुआ मुहाल

जितना मुझमें तुम रहे, हर सुख-दुख के साथ
मैं भी तुझ में क्या रहा, उसी तरह दिन-रात

मिट्टी से प्याला बना, मिट्टी में मिल जाय
इस जीवन का मोल है, काम किसी के आय

घर से बाहर कब मिला, घर जैसा आराम
दिन के भूले शाम को, लौटे बुद्धूराम

समय-समय पर दोस्तो, चाभी कसता कौन
बाबा की 'जनता-घड़ी', आखिर हो गयी मौन

चिड़ियां खुश हैं देख के, फसल भरा खलिहान
हरखू का बाज़ार पर, टिका हुआ है ध्यान

नर्म मुलायम घास को, सबने रौंदा खूब
पावों में चुभने लगी, लेकिन सूखी दूब

गर्व न कीजे देह का, मिट्टी का क्या मोल
कंचन काया मात्र है, ऊपर का इक खोल

सूरज के अभिमान को, समय करे निस्तेज
लेकर उसकी रौशनी, दिया चांद को भेज

बच्चे ताज़ा फूल हैं, सबके मन को भायं
उनकी इक मुस्कान से, दुखी हृदय जुड़ जायं

मुझसे पहले भी रहे, इस चोले में लोग
चले गये सब छोड़कर, सुख-दुख इसके भोग

दादू, तुलसी, जायसी, या हों दास कबीर
सबसे बड़े अमीर हैं, सबसे बड़े फ़क़ीर

जाने कैसे लोग थे, चुनरी रखा संभाल
हम दुनिया में यों जिये, जैसे पूत कमाल

प्यास नहीं जब तक लगे, पानी है बेकार
मरनेवाला जानता, सांसों को उपकार

घर में रह कर भी 'किरन', घर जाता है छूट
बंधन माया, मोह के, जिस दिन जाते टूट

चांद बिखेरे चांदनी, हवा बिखेरे प्रीत
जीवन में रस घोलता, फागुन का हर गीत

झाल-मंजीरा ताल दे, मौसम छाने भंग
बच्चा-बूढ़ा एक-सा, ये होली का रंग

रंग न उतरे प्रेम का, कोशिश करो हज़ार
कान्हा की मुरली बसे, राधा का संसार

पत्थर-पत्थर आग है, झरना-झरना प्यास
परबत-परबत खोज है, जीवन-जीवन आस

सड़क किनारे टुक खड़ा, देख रहा लाचार
उसको छोड़ चले गये, कितने ही उस पार

इक दिन ऐसा आयगा, घर होगा बाजार
रोक सको तो रोक लो, रिश्तों का व्यापार

सबक सनातन प्रेम का, भूल गया इन्सान
अल्लम-गल्लम रट लिया, बन गया विद्वान

# कविता

बच्चा रो रहा था
दूध के लिए

मैं लिख रहा था कविता...

## मैं लिख रहा था कविता

बच्चा रो रहा था
दूध के लिए

मैं लिख रहा था कविता...

पत्नी जूझ रही थी
बच्चे से
कभी पुचकारती हुई
कभी मुरझाती हुई
कभी झुंझलाती हुई

मैं लिख रहा था कविता...

घर के सारे लोग
लगे थे
मनाने में
बहलाने में
बच्चा रो रहा था

मैं लिख रहा था कविता...

मां बेचैन थी
कि रो रहा था बच्चा.

वह भुनभुनाती
मेरी बौद्धिकता पर
लानत भेजती
पड़ोस से
मांग लायी
थोड़ा-सा दूध
बच्चा खुश था.

उसकी खुशी
पूरी की पूरी
उतर जाय कविता में
वह शब्द कहां से लाऊं ?

मैं बेचैन रहा रात भर
मां आराम से
खर्राटे भरती रही.

# प्यार कब करती वह

एक पिता
जवान बेटी से
पूछ रहा था
उसके 'वो' के बारे में.

किस ख़ानदान से है वो
क्या नाम है उसका
काम क्या करता है वो
कितनी आमदनी है उसकी ?

वह सिर झुकाये
पांव के अंगूठे से
ज़मीन कुरेदती
गुटुर-गुटुर सुनती रही

और पिता
फटकारता रहा
सवालों के चाबुक.

क्या जवाब देती वह ?

सवालों में उलझती
तो पूरी उम्र निकल जाती

फिर प्यार कब करती वह ?

## कुम्हार

कुम्हार की कल्पना में
जैसा हंसता हुआ चेहरा है
हू-ब-हू वही चेहरा
वह चाहता है
अपने जवान बेटे
मुनवा के चेहरे पर।

उसके जीवन में
भरना चाहता है
एक ऐसा गाढ़ा चटक रंग
जो किसी मौसम में उदास न हो।

उसकी आंखों में
भर देना चाहता है
हजार-हजार सूर्य का प्रकाश
ढेर सारे कोमल सपने।

जीवन के अंतिम पहर में
कुम्हार का कलाकार मन
गढ़ना चाहता है
अपने बेटे मुनवा के रूप में
एक ऐसा शाहकार
जो किसी के हाथ का
खिलौना न बने
बात-बात में जिसे
टूटकर बिखरना न आता हो।

## घर

जिसे नहीं है
तरसता रहा
जिसे है वह
परेशान है घर से.

उसे चाहिए
कुछेक हजार रुपये.

कहां जायें
किसकी जेब काटें
कि हंसने लगे
जर्जर उदास घर.

हंसना कितना कठिन है
घर के सामने.

## कहती है मां

कभी आपस में
झगड़ना मत
एक बूंट में
दो दाने कर खा लेना
लेकिन
अलग होने की
सोचना भी नहीं
मेरे बच्चो !

मुझे देखो
तुम्हारे बापू से
बिछड़ कर
आंधियों में
निपट अकेली
भटकती रही
जंगल-जंगल
एक हरापन के लिए.

डाल से
चूके हुए को यहां
कौन देता है
हरापन.

बरसात गलाना चाहती
है । आग जलाना
आंधियों का काम नहीं
किसी का घर बसाना.

आंधियां
हवा देती हैं आग को
आग जला डालती है
बसा-बसाया घर.

रोटियां भी देती है आग.

यह मांगने वाले
हाथों पर है
कि आग से
क्या मांगते हैं वे ?

आग से मेरे हाथ
हमेशा मांगते रहे हैं
तुम्हारे लिए रोटियां.

कसम है तुम्हें
उन रोटियों की
आग को रहने देना
घर के चूल्हे तक
उसे कभी खींच कर
मत लाना अपने बीच
वरना मर जायेगा
घर का हरापन
कहती है मां !

## मां–1

बुखार से
धिप् रहा है
सारा शरीर
पोर-पोर
टभक रहा है.

झोल खटिया पर
घुड़मुड़ा कर
लेटी है मां.

भिनसारे
उठने को
जी नहीं करता.

फिर भी उठती है
दादी मां का
हुक्का गरम होने
से पहले.

उठती है
कि खुद को
तोड़कर भी उसे
बहुत कुछ
जोड़े रखना है
घर में.

## मां–2

जैसे बीज में
फलों से लदा वृक्ष
दिखायी नहीं देता.

जैसे बांस की
पतली फोंफी में
पैबस्त हैं अनेक
राग–रागिनियां

वैसे ही
ठीक वैसे ही
मेरी धमनियों में
दूध की नदी बनकर
बह रही है मां.

## चिड़िया की तरह उदास मां

किस दर्द से
आकुल चिड़िया
कर रही है
नीड़ का निर्माण

मां जानती है.

अबला जान पर
लू के थपेड़े झेलती
एक-एक
तिनके के लिए
कितनी-कितनी दूर
कई-कई बार
भागी है चिड़िया

मां जानती है.

भूख से बिलबिलाते
बच्चों के लिए
मन मसोस कर
जब नीड़ से बाहर
पांव रखती है
मन ही मन में
कितनी प्रार्थनाएं करती है चिड़िया